뿌리 찾기

도서출판
작가마을

뿌리 찾기

초판인쇄 | 2018년 8월 20일   초판발행 | 2018년 8월 25일
지은이 | 김석주 주간 | 배재경 펴낸이 | 배재도 펴낸곳 | 도서출판 작가마을
등 록 | 2002년 8월 29일(제 2002-000012호)
주 소 | 부산광역시 중구 대청로 141번길 15-1 대륙빌딩 301호
      T. 051)248-4145, 2598   F. 051)248-0723   E. seepoet@hanmail.net

ISBN 979-11-5606-109-0 03810 : ₩10000

이 도서의 국립중앙도서관 출판예정도서목록(CIP)은 서지정보유통지원시스템 홈페이지(http://seoji.nl.go.kr)와 국가자료공동목록시스템(http://www.nl.go.kr/kolisnet)에서 이용하실 수 있습니다.(CIP제어번호: CIP2018024604)

본 도서는 2018년도 부산문화재단 지역문화예술특성화지원사업으로 지원을 받았습니다.

작가마을 시인선 ③⓪

뿌리 찾기

김석주 시집

열매 가득 매달고 있는 시

꿀보다 더 맛깔스러운

사랑의 열매

인생의 보약 같은 구수한 열매

늘 미소 짓게 하고

늘 흥얼흥얼 콧노래 하게 하는

새콤달콤한 열매

삶의 길을 열어주는

등불처럼 반짝이는 열매들이

주렁주렁 매달려 있는 그런 시를 써보려고

한동안 끙끙 거렸다고

혼자 괜히 중얼중얼 중얼거려보았습니다

2018. 6월 어느 날

낙천대에서

김석주 시집

작가마을 시인선 ③

• 차례

뿌리찾기

2부

김석주 시집

작가마을
시인선
㉚

3부

뿌리찾기

김석주 시집

작
가
마
을
시
인
선
㉚

5부

제1부

봄 어느 날의 일기

아내와 함께
한겨울 내내 깔고 덮었던
이부자리 빨래를 하였다
물론 제일 큰 수고는 세탁기가 하였지만
혼자서는 도저히 어찌할 수가 없는
벗기고 끼우는 일이며, 좁은 공간에서의
말리고 꿰매는 일까지 모두 함께하고 나니
기분이 아주 상쾌해지는 것이었다
깨끗하여진다는 것
마음까지 밝아지면 얼마나 좋을까?
돌아오는 일요일엔 꼭 고해성사를 봐야지
보속을 하고, 목욕을 하고 나면
몸도 마음도, 환경도 깨끗하여지는 것이니
사는 일이 한층 활기차지 않겠는가?
일요일이 또 너무 기다려지는 것이었고
파전 굽는 아내가 더없이 예뻐 보였으며
가오리연처럼 마음은 벌써
저 별들의 하늘을 휘젓고 다니는 것이었다.

길

그때 그 패배의 아픔들이,
고난의 그 쓰라린 슬픔들이,
온갖 아쉬움과 애태움의 순간들이 모여
길이 되느니
승리의 길은 그렇게 다듬어지는 것이니

절망은 없다
스스로 길을 내고 열어라
어디에나 길이 있고
우리 이 가슴 안에 복된 길이 있음이니
들어라, 저 강물의 우렁찬 함성과
정겨운 별들의 노랫소리를

너무 정말 억울했던 순간들이,
아주 참 서러웠던 사연들이,
미치도록 답답하고 잔인한 아픔들이 모여
길이 되느니
금의환향, 영광의 길은 그렇게 다독여지는 것이니

중섭의 아이들

- 20170505

이중섭의 '아이들'이란 그림을 보면서
나도 한순간 철없는 아이가 된다
일흔 두 살의
아주 행복한 아이
그런 발가숭이 아이가 다시 되고 싶다는
화려한 꿈을 또 의식 없이 꾸어본다
이중섭의 다정한 아이들
천사같이 순박하고
아주 정말 착하고 평화로운
그때 그 때 묻지 않은 발가숭이 아이들을
멍하니 바라보면서
나도 참 바보처럼 행복한 아이가 된다.

하늘

놀이터다
꿈꾸는 이 누구나
마음껏 상상하며 뛰놀고
그 꿈, 한없이 펼쳐볼 수 있는 새로운 세상
무엇이던 노래할 수 있고
무엇이던 그려볼 수 있는
아, 너무나도 광활하고
너무 정말 신비롭고 자유로운 놀이터
새하얀 공간이다
무엇이든 새겨보며 환희에 젓고
무엇이든 꾸며보고 더듬어도 볼 수 있는
마법의 땅, 그런 세상이다
그런 세상이 우리 눈앞에 펼쳐져 있다
그러니 그대, 절망하지 말고
꿈을 가져라
저 눈부신 하늘이 모두
그대의 놀이터가 될 것이니…

떳떳하게 산다는 것

하늘이 안다,
그렇게 믿고 의지하며
뚜벅뚜벅 살아가는 것이다.

날마다 찬치 판이 벌어지고
끼리끼리 축배를 들고
날마다 철없는 스타들이 탄생하고
날마다 광풍이 불고
날마다 절망하는 불행이 이어지고
회색의 시대, 날마다
양의 탈을 쓴 이리떼들이 으스대고
서로 속고 속이는 이기주의
무한경쟁의 이 각박한 세상에
들춰지지 않은 부끄러운 이면裏面들과
온갖 어둠의 무리들이 저리 늘 활개를 쳐도

하늘이 안다,
그렇게 믿고 다짐하며
흥얼흥얼 살아가는 것이다.

뿌리 찾기

온 정성을 다하여 더듬어 봐야할 일들이다
저 눈부신 새벽 별들, 그 위대한 빛의 뿌리와
새 아침을 열어주는 이 변함없는 바람의 뿌리 한번
차근차근 들춰보고 따져 봐야할 일들이다
우리들의 이 눈물겨운 그리움의 뿌리와
얽히고설키어 더욱 끈끈해진 저 풀들의 뿌리
그 차이는 어디에 있는 것이고
슬픔의 뿌리가 사라짐에 있다는 말을 믿어도 되는 것인지
따져보고, 뒤져보며 가슴 깊이 보담아 봐야할 일들이다
지상 낙원의 뿌리라는 저 평화의 실체와
우리들의 이 숭고한 사랑의 뿌리
다시 우리 하나가 되고, 살맛나는 세상
우린 왜 그 어렵지도 않은 일들을 해내지 못하는 것인지
깊이 한번 생각해보고 반성하면서
마음 다시 굳게 다잡아야할 일들이다
언젠가는 기어이 찾아내야 할 진리의 뿌리
생명의 이 고귀한 뿌리는 어디에서부터 시작되는 것이며
각기 다른 우리들의 소중한 일상 중에

어느 것이 최우선의 길이며 방법인지
그 뿌리부터 차곡차곡 다시 한 번 따져 봐야할 일들
이다
성공과 실패, 그 어마어마한 낙차의 뿌리와
행과 불행, 그리고 축복과 저주의 뿌리도

하늘의 소리

바보처럼 너무 그렇게

애태우지 말고

너무 그렇게 슬퍼하거나 절망하지 말고

너무 그렇게 좋아하지도 말라하시네

괜찮다 하시네

가진 것이 없고, 별난 재주도 없고

완력의 힘도, 그들처럼 배운 것도 없고

번뜩이는 주변머리도, 불통의 배짱도

모사謀士의 그 얄팍한 수완이 없어도

아직은 괜찮은 것이라며

금의환향 그 꿈 하나만 가지고도

얼마든지 행복하고, 얼마든지 잘 살 수 있는 것이니

너무 그렇게 미워하지 말고

너무 그렇게 아파하거나

바보처럼 분노하지도 말고

너무 그렇게 좌절하지 말라고 소리치시네

그래도 살아야하는 것

믿고 당당히 살아야하는 것이라고…

하늘의 소리 2

서러워하지 말라. 그 깐 것들
너무 그렇게 무서워하지도 말고
너무 정말 부러워하지도
두려워하지도 말라. 그 깐 것들

사랑이어야 하느니
여기 이 한결 같은 바람과 더불어
저 대자연의 위대한 변화처럼
구구절절, 눈물이 나도록 아름다운
그런 사랑이어야 하느니
봄 언덕의 저 해맑은 들꽃처럼 곱고
노래하는 새벽별들의
너무나도 애절한 노랫말 같은
아, 그런 열정적인 사랑이어야 하느니.

웃어버리고 말라. 그 깐 것들
너무 그렇게 자책하지도 말고
너무 정말 아까워하거나
아쉬워하지도 말라. 그 깐 것들

하늘의 소리 3

벼랑일 것이네
버리지 못하고 비우지 아니하면
언젠가는 후회할 것이요, 통곡할 것이네
깨우치지 아니하고
받아들이지 아니하면
얻고 배운 모든 것들이 헛될 것이요
피눈물을 쏟을 것이네
그러니 가는 길, 그 목적을 바꾸고
늦기 전에 꿈과 희망을 바꾸고
땀 흘림의 취지와 과정을 바꾸는
그런 혁명을 해야 할 것이네
그것이 최고의 지혜이기 때문이니
가슴의 눈을 크게 떠야할 것이네
희망의 푯대가 아주 더 멀어지기 전에
저 새벽별들의 다정한 속삭임에
귀를 기우려야 할 것이고
저기 저 강물의 소리 없는 함성에도
가슴 활짝 열어야 할 것이네

그림

해운대의 미포, 이 끝자락에 서서
저 멀리 그림 같은 오륙도를 멍하니 바라본다
속이 확 트이는 시원한 풍경
반 고흐의 해바라기 그림보다 더 감동적인
한 폭의 사생화를…

해운대의 끝자락인 고즈넉한 미포尾浦
이 바닷가 바위틈에 걸터앉아
저 멀리 그림 같은 동백섬과
웅장한 광안대교의 화려한 자태와
떼 갈매기 환호 속에
오고 가는 유람선의 화려한 풍경을
넋을 놓고 물끄러미 바라본다
한 폭의 수채화를…

초겨울 이 외진 동해바닷가에 서서
지는 해 저 붉게 타는 황혼을 하염없이 바라본다
더불어 살아온 우리 그 눈물겨운 날들의
희로애락, 저 파노라마처럼 펼쳐지고 있는
한 폭의 수묵화를…

어느 날 밤의 시

아침인가 하여 벌떡 일어나 보니
새벽 2시에 가까운 겨울 한밤중이었다
머리맡의 스탠드 불을 키고, 사랑의 시詩
그의 시편들을 다시 읽으면서
한 시인의 예리한 감성에 감동해보는 것이었다
사랑의 참다움이란 것들과
사랑의 바탕, 그 본질 같은 것
사랑의 진실 같은 거, 아니 사랑의 위대함 같은 것들과
사랑의 소중함 같은 거
사랑의 절대성 같은 이 진리의 시편들을
더 많은 사람들이 읽고 깨달았다면
세상이 보다 더 평화로워졌을 것이고
좀 더 아름다운 세상
살맛나는 어울림의 마당이 되지 않았을까?
혼자 괜히 가슴이 울컥해 지면서 "가난도 사랑이다"
다시 펼쳐든 그의 시, 바람 또한 사랑이고/ 너와나 더
불어

살아가는 우리 모두/ 이 땅의 위대한 사랑이다.

두시 반, 티브이를 켜자

재즈곡, 못다 한 사랑을 그리워하는 노가수의 저음

그 매력적인 음악이 흘러나오고

펄떡이는 가슴 무아지경의 행복에 젖어보는 것이었다

시 한편의 위대함을 가슴에 담고서

고백 2

− 20160401

육십여 년 전, 초등학교에 다니던 때였습니다
친구 따라 살금살금
아무도 없는 중학교 도서실에 들어가
낡은 문학잡지 한 권을 들고 나왔답니다
말하자면 훔쳐온 것이지요
서점 하나 없던 작은 시골이라 아주 귀한 것이었거든요
나는 그 문학잡지를 읽고 또 밤낮없이 읽었지요
기억에 남는 문장은 없지만
소설보다 시詩를 더 많이 읽은 것 같고
짧은 글이라 더 좋아했었나 봐요
아무튼 뜻도 잘 모르면서
책이 다 닳도록 읽고 또 읽었지요
그리고 성인이 되고, 그 죄 값을 치르느라 그랬는지
죽을 고생을 하면서 타향살이 힘들게 살다가
살다가 이렇게 늦깎이 시인이 되었답니다
그리고 어느 날, 그 책 한 권을 훔친 죄의 보속인 듯
향리의 중학교 교지校誌에 시 한 편과 수필 한 편을 싣자는
고료 없는 청탁이 오고, 흔쾌히 응하고 나서야

두 발 쭉 뻗고서

아주 편안하게 잠들 수가 있었답니다

저 성당의 종소리도 더욱 다정하게 들려오고요

초겨울 어느 날

성에꽃 허옇게 피어나던
초겨울 어느 날의 해운대
시름이 깊어 밤새 선잠을 자다가
꼭두새벽에 일어나 창문을 여니
저 바다 멀리에서부터
물안개가 자욱이 밀려오는 것이었고
한치 앞도 내다볼 수 없게 하면서
내 이 끝없는 방황의 길을 가로 딱 막으며
"다들 그렇게 아파하며 사는 것이여,
그것이 인생이고
그것이 우리 삶의 뿌리 깊은 속내"라 이르듯이
덩실덩실
하늘로 오르는 길을 서서히 열어 보이는 것이었다
"다들 그렇게 살다가는 것이라" 이르듯이

남도지오그래픽

할아버지 할머니들의 인생 이야기인
KBS의 남도 지오그래픽에서 만난 백 순이 할머니는
열일곱 꽃다운 나이에 저기 저 병약한 영감을 만나
육십 이년 째 이 고생을 하고 있다며
토닥토닥 들깨 단을 두드리고 있었는데
그 꼬부라진 허리가 가시처럼 목구멍에 걸리는 것이었고
외출에서 돌아와 술병부터 찾으시던 할아버지
늦은 가을 어느 볕 좋은 오후였다
늘어지게 기지개를 켜면서 야옹이가 비틀비틀
할머니를 돕겠다는 듯 마루에서 훌쩍
뛰어내리지만 반갑잖은 백 순이 할머니
콩 타작에, 감도 따야 되고 할 일이 태산인데
영감님은 오늘도 빈둥빈둥, 친구가 좋아
바깥으로만 헤매고 다니면서 애간장을 태우지만
혼자 사는 저기 저 리장댁의 친구 할멈
그 측은함을 날마다 보아온 터라
오늘도 불같은 성미를 죽여 가면서
하염없이 깻단을 두드리고 있다는 것이었다
저기 저 영감님을 두드리듯, 콩닥콩닥

남도지오그래픽 2

팔순을 훌쩍 넘기셨다는 박건희 할머니는
영감님 잃고 이십여 년 만에 한글을 깨우치어
요즘은 자식들에게 편지 쓰는 재미로 사신다면서
예순을 넘긴 큰아들께 쓰던 편지를 읽어주시는 것이었다
큰아이 보아라, 로 시작되는 편지
네 아버지는 술 좋아하고, 노는 거 좋아하시어
내가 늘 구박했었는데 이렇게 혼자가 되고 보니
좀 더 잘해주지 못한 것이 후회가 되는 구나
날씨가 추워지니 네 아버지가 더 보고 잡아진다
사람 사는 일이 별것이 아니니
제발 부부지간에 정답게 살고 아이들 잘 거두어라
특히 어멈에게 정내고 잘해야 된다. 그래야만
따스한 정이 돌아오게 되는 것이다
이 편지를 아이들 어미에게도 보여주어라
한겨울 짧은 해가 뉘엿뉘엿 지고 있었고
멋쟁이 박 할머니께서 타주시는 사발커피를 마시며
도시에서 잘살고 있다는 4남 3여의 이야기를 듣고 있자니
나는 또 우리 엄마 생각에 눈물이 피잉 도는 것이었다.

어느 겨울밤

– 20161224

겨울 어느 긴긴밤이었다
세 번째 소변을 보면서
눈앞의 거울을 바라보았다, 백발의 노인
안면이 조금 있을 뿐인 그를 보면서
"누구시오" 덜 떠진 눈을 비비며
"누구신데 이 꼭두새벽에" 말을 걸어보았더니
"나 모르겠소, 다 되었구면"
"아니 백발에다 틀니까지 빼놓았으니 낯이 설 수 밖에요
큰소리 뻥뻥 치시더니만
세월 앞엔 장사가 없군요"
한 겨울의 깊은 밤이었고
건너 방 아내에게 카톡을 보내보았다
"오빠야방에 물 한 그릇 부탁해요"
"쓸데없는 말씀" 답이 무정타
그래도 할멈이 있어 다행이고 행복이며
크나 큰 은혜이다
다시 또 등불을 밝히고 시집 "사랑과 인생"을 펼쳐든다
할 일이 태산이다

돌쇠

좀처럼 보고 들을 수 없는 그런 인물이고 이름이다
돌쇠, 그러나 사람들은 그를 두고
미련한 녀석
멍청하고 어리석은 놈이라 따돌렸다, 바보처럼

늘 가난하면서도 언제나
약한 자의 편이 되고 친구가 되어
아웅다웅 다투는 것을 보고는
그냥 지나치지 못하는 의로운 성미에
배운 것이 없어도 나누는 것 좋아하고
사람이면 사람답게 살아야 한다면서
어디서나 정의의 편이 되고
"사람이 살면 몇 백 년을 산다고"
이게 그의 유일한 삶의 철학이었던 듬직한 사내
지난밤에도 그랬다
강도야! 하는 이웃집 고함소리를 듣고 뛰어나갔다가 그만
피투성이가 되어 병원신세를 지고 있다는
사내다운 사내

좀처럼 찾아볼 수 없는 그런 이름이고 인물이다
돌쇠, 그러나 사람들은 그를 두고
얼빠진 녀석
재주도 수완도 없는 못난 녀석이라 내몰았다, 바보처럼

황혼

우리 아파트는
빌딩사이로 먼 바다와 지평선이 내려다보이는
남서, 또는 서남西南향이라
뜨는 해를 바라볼 수 없다는 것이 아쉽기는 하여도
봄여름 가을 겨울 내내
지는 해를 감상할 수 있다는 것이 행운인 것이다
지난겨울의 그 불덩이처럼 타던 노을
아, 너무나도 황홀하여 넋을 잃었던 일몰의 순간
내 이 빈 가슴에 오래오래 남아있는
그 어느 날의 신비로운 노을처럼
너무 정말 감동적인 그런 황혼이 있는가 하면
들출수록 부끄러운 날들의 추억
멱살잡이 같은 아주 추한 황혼도 있음이요
요동치는 저 먹구름에 휩싸여 지는 둥 마는 둥
속절없이 사라져 버리는 일몰의 순간
그 일그러진 어둠의 무리처럼
내일이 더 걱정스러운 그런 황혼의 순간도 있음이니
인생이여
오늘도 하염없이 저 일몰의 순간을 멍하니 바라보며
우리 그 지나온 날들을 다시 한 번 되돌아보느니

20180427의 기도

꿈이 아니기를
김정은 국무위원장이 판문점의 남쪽 땅을 밟으며
우리 문재인 대통령의 손을 잡고
서로 손을 꼭 맞잡고서 다시 북의 땅을 밟았다가
남쪽 평화의 집으로 옮겨 단독회담을 하고
하늘색 희망의 도보다리를 다정히 걸으면서
소곤소곤 담소를 나누다가
쉼터에 앉아 민족의 오랜 염원인 평화통일
통일의 위대한 불씨를 다듬고 다듬어내었음이니
다시 하나가 되기 위한 "판문점 합의"
총소리가 멈춰지고, 핵무기가 없어지고
철길이 열리고, 적대행위가 멈춰지고
공동번영, 공존의 새로운 시대
평화의 시대, 통일의 새 시대를 열어가고자
20180427에 만나 위대한 합의를 하였음이니
한 개씩 또 한 개씩 실천하고, 드디어 모두를 실천하여
우리 민족의 자랑스러운 영웅
이 땅의 봄, 평화의 사도가 되어 지기를
간절히 우리 모두가 바라고 기도하고 있음이니
그때처럼 또 허망한 개꿈이 되지 않기를…

뿌리찾기

작가마을시인선30 · 김 석 주

제2부

밤바다

초겨울, 잠 오지 않은 그런 밤이었다

한 밤중에 불쑥

그를 또 다시 찾았더니

미소 가득한 저 달님을 보듬고서

한가로이 너울너울 춤추던 밤바다

그 아른거리는 달빛과 더불어

변함없는 별들의 다정한 노랫소리에 넋을 놓자

잘게 부서지던 너울 속의 달

셀 수도 없이 많아지던 달의 개수

나는 또 달을 헤는 재미에 빠져

하늘과 바다를 번갈아 바라보았던 것이고

한참을 그러고 나서보니

어느 것이 하늘이고, 어느 물상이 바다인지

자꾸만 헷갈리는 것이었지만

하늘과 바다, 바다와 하늘이 결코

크게 다르지 않다는 사실을 확인할 수 있었던

아주 참 소중했던 그런 밤이었다

매서웠던 초겨울의 칼바람이 스쳐가던 밤바다에

꽃구름이 또 피었다 지고 피고…

동의

평화는 아주 예리한 양심을 먹고산다는 말과
인생의 영원한 동반자는 자기 자신 뿐이란 말에
동의同義를 하며, 고생 끝에 낙이 오고
실패는 성공의 어머니가 되기도 한다는 말에 의의가 없
음이나
더 좋은 방법이 있다는 말에도 토를 달지 않으니
사필귀정, 뿌린 되로 거둘 것이요
행한 되로 얻을 것이란 말을 태산 같이 믿고 의지하였
으며
사랑, 이보다 더 위대한 것이 없고
더 아름답고, 더 고귀하고 신비한 것이 없다는 말과
이보다 더 무서운 것이 없다는 말에도 동의를 하며
인생은 짧고 예술은 길다는 말과
고관대작, 부자가 되어 목에다 힘을 주고
좋은 집에, 좋은 차를 굴린다고 잘 사는 것이 아니며
성공이란 그런 것이 절대로 아니라는 말에 공감을 하고
노세노세 젊어 놀아 늙어지면 못 노나니

이런 말 같지 않은 말에는 절대로 동의할 수 없음이요

스스로의 잘못을 깨닫고 뉘우치는 것이 성공의 지름길
이며

혼자 있음을 두려워하면 외로움이 되고, 혼자의 시간을
선물로 여기면 고독이 된다는 말과

외로움은 견디는 것이고, 고독은 누리는 것이란 말에도
공감을 하며, 죽을 것인가? 돌아갈 것인가라는 물음에
목숨을 걸고서도 돌아가야 한다는 말과

온갖 고통과 절망의 그 뼈저린 아픔 속에

환희의 씨앗이 도사리고 있다는 말에 동의를 하느니

하늘은 스스로 돕는 자를 돕는다는 말에도…

선물

지난여름, 밭작물이 타고
거북등처럼 논바닥이 떡떡 갈라지고
온갖 채소와 과일값이 폭등하여
우리 이 서민들의 생활이 팍팍해질 때
그때 저 하늘에서 주룩주룩 단비가 와주었다는 거

솔바람이 변함없이 산들산들 불어오고
아침마다 새로운 해님이 힘차게 솟아오르고
창밖의 저 다정한 텃새들의 고운노랫소리와
겨울 그 매서웠던 동장군을 거침없이 몰아내주었던
대자연의 위대한 보살핌이 올해에도 변함이 없었다는 거.

매점매석, 부정부패가 창궐하고
남인북인 노론 소론 끝없는 당파싸움과
흑과 백이 쉽게 분간되지 않는 회색의 시대
양의 탈을 쓴 이리 떼들이 저리 늘 활개를 쳐도
여기 우리, 쓰러지지 않고 꿋꿋한 조국이 있다는 거

아주 참 놀라운 선물이다
다시 우리 하나가 될 수 있다는 꿈
그 귀향의 화려한 꿈을 자유로이 꿀 수 있다는 것과
아직은 우리들의 사랑이 식지 않았다는 거
우리 서로 무사안녕을 간절히 빌어주고 있다는 것이

민들레의 기도

그냥 못 본체 지나치고
꽃이라 불러주지 않아도 좋다
우리들의 이 사랑 넘치는
풀들과 더불어 울다가 웃고
풀들과 함께 얼씨구, 노래하고 춤 출수만 있다면

눈부신 황혼
지고 피는 꽃구름과
감미로운 솔바람의 향기
은하의 저 다정한 별들과
가고 오는 철새들의 간드러진 노랫소리에
소곤대는 강물의 소리
아, 이 모든 것들이 다 내 눈물겨운 벗이요
님이 주신 크나큰 은혜임에
무얼 또 탐하며 얻으려 하리

그냥 내몰라라 비켜 가고
눈길 한번 주지 않아도 좋다

우리들의 이 평화 넘치는

풀들과 더불어 화려한 꿈을 꾸며

풀들과 함께 옹기종기, 그렇게 우리 살아갈 수만 있다면

고독에 대하여

고독은 감동이며 즐기는 것이라고
저 스쳐 가는 바람들이 그랬다
밤하늘의 반짝이는 별이 되기 위한
그 첫 번째의 과정이라, 뜬구름이 그랬다

사랑의 길잡이니
가끔씩은 저 밤하늘을 물끄러미 쳐다보며
멍하니 콧노래 흥얼거리면서
높고 낮음도 없고
네 것과 내 것이 없는 세상
먹지 않고, 입지 않아도 부끄럽지 않으며
늘 평화 넘치는 그런 세상을 상상하면서
혼자 껄껄껄 미소 한번 지어보라
고독한 자만이 누릴 수 있는 위대한 사랑이니

고독은 우리 인간에게 주어진 가장 고귀하고
행복한 순간이라 꽃구름이 그랬다
두 눈을 감고서 별이 되어 떠나간 이름들을 불러보라
그대 입이 미소로 가득해질 것이니…

산다는 것은

길을 걸으면서 길을 찾고
길 위에서
길을 잃는 것이다
산다는 것은
길이 없는 곳에 길을 내고
지혜의 등불을 밝히면서
새로운 길을 열어가는 것이다
산다는 것은
울다가도 웃고, 사랑도 하지만
가끔씩은 미워도 하며
서로 용서하고 용서도 받으면서
뚜벅뚜벅 꿈을 향해
힘차게 나아가는 것이다
아주 참 당당하고 지혜롭게
산다는 것은

점

그때 딱 한번 찾아 가본 적이 있었다
할매 점집
하는 일들이 하도 잘 풀리지 않으니까
이웃에 살던 고향친구가, 딱 한번만 따라 가보자 했던
청용동, 그 산 속의 할매 점집
그 할머니의 책 속에 있다는 내 운명
나의 운명이라는 것을 훑어보았더니만
이 세상과는 DNA가 맞지 않는다고 쓰여져 있었고
세상일, 특히나 돈 같은 거 벌려 하지 말고
착하게만 살라고, 그러다보면 저 하늘이
의. 식. 주 모든 것들을 해결해 줄 것이라 적혀있었으
니
　홀어머니, 나만 믿고 사는 순진한 아내와 아이 셋 모두
가
　너무 참 불쌍하다는 생각이 들었던 것이다
　그로부터 숱한 세월, 돌이켜 보니 바보짓만 하고 살았
는데
　아직도 이렇게 숨 쉬고 있다니 하늘이 도와준 것이 틀
림없는 일이나

착한일 한 적이 없으니 엉터리 점괘인데

돌아보니 그런 것이다, 착하지도 않은 나와 더불어

둥글둥글 함께 살아주었던 내 소중한 친구들

그 친구들이 나의 하늘이었고, 많은 친 인척들과

만났다 헤어진 수많은 이웃, 그 모두가 나의 하늘 이었

던 것이고

눈물이 나도록 고마웠던 나의 참 하늘이었던 것이니

하늘이여 오- 더불어 살다보면 서로가 하늘이 되는

우리들의 이 위대한 사랑의 신비여…

과욕

가로수였다. 키 큰 은행나무
지난 밤사이에 그 큰 가지 하나가
인도人道로 축 꺾여져 있었고
너무 많은 열매를 매달고 있었다
과욕過慾
차라리 조금 모자라는 편이 낫지 않았을까
모두가 그렇다
적당한 선에서 자기 몸을 관리하고
알뜰살뜰히 지켜간다는 것이 얼마나 어려운 일인가
특히나 그대와 나
적당한 선에서 만족할 줄 아는 그런 지혜가 있었다면
지금 우리들의 삶이 이렇게까지 찢겨지진 않았을 것이다
전쟁광, 그 못난 것들과 놀부와 같은 끝없는 욕심
과욕을 부리는 저 바보들의 횡포만 없었더라도
우리들의 삶이 좀 더 알차고
평화로워 지지 않았을까?
꺾어진 은행나무 이 널브러진 가지를 보면서
지금의 나를 또 한 번 살펴보는 것이다

북망산 시가詩歌

늘 바람이 불고
어둠의 무리들이 활개를 치고
철새들이 가고 오고 바람이 불고
꽃구름이 두둥실 들꽃들이 피고지고
풀들의 우렁찬 노랫소리 하늘을 찌르고
밤새 별들이 노닐다 가고

아, 바람이 불고
무서리 내리고 낙엽이 지고
그대 멀리 떠나 가버리고 바람이 불고
그리움에 여린 가슴만 타고
갈 길은 아직도 높고 험하고
다시 또 먹구름이 밀려오고

매서운 바람이 불고
새벽강물의 환호소리 우렁차고
저 개 짖는 소리 요란하고 바람이 불고
새들의 노랫소리 간드러지고
장대長大한 역사의 순간들이 되살아나고
새로운 별들의 하늘이 서서히 밝아오고

삶

더 멀리 뛰어오를 수 있어야만 살아남을 수가 있다고
한껏 목청을 돋구는 풀잎 위의 청개구리와
통한의 노래가 나의 진실이라는 뒷동산의 뻐꾸기
봄 한철의 어리석음을 뼈저리게 뉘우치며
밤늦게까지 뱁새의 둥지를 지켜보며 흐느끼는 모정과
지지배배, 삼월 삼짇날의 눈물겨운 문안인사
그때 그 고마웠던 사연들을 되뇌고 있는 비나리
기도의 삶이 가장 큰 보람이라는 흥부네의 제비들과
소리 없이 접근할 수 있는 남다른 재주와
입속의 독을 무기로 산다는 저기 저 뱀들의 혀 놀림
한 때의 유혹을 이겨내지 못하여
영영 돌아갈 수 없는 신세 됨을 한탄하는
저기 저 날지 못하는 타조라는 새떼
돌아가야 할 그 절대적인 순간이 오고
그때 드디어 성공과 실패의 삶이 구분된다는 사실을
늦게야 깨달아도 아무런 소용이 없다는 것이니
유혹은 언제나 부드럽고 달콤한 것

그 희희낙락의 꿀맛 같은 재미 또한 소중한 삶이라며
스스로를 위로하며 살아가는 서글픈 군상群像들이 있음
이니
황혼이여 오, 안타까운 황혼의 벗들이여

영원에 대한 소고

그때 사람들 모두가 아주 오래 살기를 원하였고
그 간절한 소망이 이루어져
평균수명이 아주 많이 길어지고
길어졌어도 사람들은 죽기가 싫었으며
죽지 않게 되기를 또 간절히 빌면서
빌면서 매달렸던 것이고, 그랬더니 아버지께서
그들의 소망을 다 들어주시어 사람들 모두가
죽지 않게 된 그런 세월이 있었다 하자
꾸역꾸역, 새 생명들이 태어나고
인구는 한량없이 불어나 먹을 것이 부족하고
농토는 점점 줄어들고, 일자리 구하기는 하늘의 별따기
요
아귀다툼이 벌어지고, 먹지 못하니 해골처럼
몰골이 망가지고 아- 죽지 않는다는 것
그때 사람들이 깨닫게 된 것이 "죽지 않으면
모두가 죽는다는 것"
그로부터 또 사람들의 소망은 곱게 살다 돌아가는 것이
었으며
제발 좀 죽게 해달라고 매달렸던 것이었고

먹어야 사는 생명으로서 죽지 않는다는 것은 죄악이며
죽지 않은 생명이란, 먹지 않고 사는 형태여야 한다는
것
그러므로 죽음이란 인류에게 내려진 최고의
축복이요 은혜임을 깨닫게 된 것이다
그러니 또 하나의 생명, 먹지 않고사는
영원한 생명의 나라를 믿고 사랑하고
목숨을 걸고 사랑해야하느니

우두커니

하늘을 본다, 우두커니
피었다 사라지고 다시 또 피어나는
저기 저 화려한 꽃구름의 하늘을 본다

바다를 본다
파도 속에 가물가물, 보였다 사라지는
노리개 같은 통통배들을 우두커니 바라본다

기쁘고 슬퍼했던 두 얼굴의 추억들과
지난 세월의 그 잔인하고 혹독했던 아픔들과
지금의 너와 나
변함없는 우리들의 뒷모습을
눈을 꼭 감고서 우두커니 바라본다
우리들의 화려한 꿈들이
마음껏 활개 치며 뛰노는 그리운 고향하늘을

경적을 울리며 손살 같이 지나가는
창밖의 저 경적소리 요란한 구급차들과
피었다 지고 피는 뜬구름들 바라본다. 우두커니

추억 3

둥근 자개밥상 위에는 노릇노릇 잘 구워진 자반고등어와, 고소한 냄새 풍기는 파래 김과 계란찜이 함께 놓여져 있었고, 동당거리는 어머니의 발걸음에서 나는 직감적으로 귀한 손님이 오신다는 것을 눈치 챌 수 있었으며 이런 날이면 왜 그런지 밥을 먹었어도 자꾸만 침이 넘어가는 것이었다.

어머니의 꽁무니만 졸졸 따라다니던 나에게 어머니는, 나가서 친구들과 오래오래 놀다오라면서 김 한 장을 쥐어 주셨고 친구들과 나누어 먹었던 그 짭조름한 김 한 조각의 맛과, 이모님들이 사 오신 달콤한 박하사탕의 맛을 육십 여 년이 지난 지금까지도 결코 잊을 수가 없음이니, 추억이여 생각할수록 두 손에 잡힐 듯 한 달콤하고 고소한 먹거리여…

2016. 01. 01

추억 4

- 양식

쌀과 보리, 그런 것들이 오직
우리들의 일용할 양식이 되는 것이라
그렇게 배우고 실천하며 살아왔음이니
보릿고개, 그 서러운 고갯길 함께 넘고 넘으면서
먹거리에 대한 정의를 뼈에다가 새겼음이니
겨울 그 혹한 속의 김장김치와 남새밭의 시금치
그런 것들이 오직
우리들의 하나뿐인 생명을 지켜주는
소중한 양식이 된다는 것을 믿고 살아왔음이니
그렇게 또 세월이 흐르고 흘러
백발이 된 친구들과의 해후
고기반찬은 뒷전이고 끼리끼리 둘러 앉아
그때 그 유년의 가난한 추억들을 나누어 먹으면서
황홀한 시간, 그 눈물겨운 사연들을
오순도순, 어제 일처럼 주고받으며
달덩이와 같은 함박 웃음꽃을 피워냈음이니
그렇게들 행복한 시간 가져도 보았음이니 추억이여
오, 우리 삶의 아주 소중한 양식이 된 물상이여

추억 5

– 어머니

우리 어머니는 그랬습니다, 한글조차 깨치지 못한 까막눈이었으며 그걸 늘 부끄러워 하셨습니다. 그러다가 어느 겨울 농한기에 ㄱ ㄴ에서부터, 가갸 거겨를 동네서당에서 배우고부터는 시간이 날 때 마다 흥부전과, 춘향전을 떠듬떠듬 읽으셨고 귀찮도록 물어 오시기도 하셨지만 열정만은 아주 대단하시었고 그 실력이 일취월장, 빠른 속도로 향상될 무렵이었습니다. 도시에 살던 큰 누님으로 부터 천주교에 대한 이야기를 몇 차례 귀담아 듣고는 아주 혁명적인 결단을 내리시는 것이었습니다. 그동안 열심히 섬겨왔던 모든 미신들을 단숨에 끊어 버리고는 천주교 '교리문답'이란 책을 늘 끼고 다니시면서 밥할 때는 물론이고, 화장실에 갈 때도 중얼중얼 아주 열심히 외우시는 것이었습니다.

"사람이 무엇을 위하여 세상에 났느뇨" 사람이 천주님을 알아 공경하고 자기 영혼을 구하기 위하여 세상에 났느니라. 지금도 그 교리문답 1번을 외우시던 우리 어머니의 카랑카랑한 목소리 들려오고 밤하늘의 별처럼 반짝인답니다, 들꽃같이 곱던 우리 어머니의 그때 그 용사와 같은 모습들이…

추억 6

- 문풍지

으르렁 으르렁
처음에는 범虎 우는 소린 줄 알았습니다
설한풍이 몰아치던 겨울 그 길고 긴 밤
어머니는 물레를 잣다 말고 상념에 잠기시며
밀려오는 청상靑孀의 아픔인 듯
뒤척이는 내 머리를 쓰다듬으며
"언제 커서 어른 되꼬" 하시면서 한숨을 내쉬었고
나도 빨리 어른이 되고 싶었습니다
겨울밤은 그렇게 깊어가는 것이었고
윗목의 물그릇이 꽁꽁 얼어붙고
천둥 같은 호수의 얼음 갈라지는 소리 들으면서
어머니와 나는 다시 한 몸처럼 보듬지 않고서는
춥고 무서워서 깊이 잠들 수가 없었던
그때 그 문풍지 떠는 소리
그 범 우는 소리를 자장가라 억지를 부리면서
겨울 한 철을 보내야했던 허기진 시절
그런 힘겨웠던 추억들이 있어
아, 오늘 이 새로운 날들이 너무 정말 황홀할 따름입니다.

추억 7

살아 펄떡이는 형체 없는 물상이요
스치는 바람 같이
채워지지 않는 허기진 그리움에
걷잡을 수 없는 내 이 가슴 확 끌어안고서
다시 또 홍도야 울지 마라
그 신나는 노래에 맞춰 돌고 도는 춤사위
두 눈 꼭 감을 때마다
어디에선가 숨소리 헐떡이며
손살 같이 달려와 안기는 그대
그 새콤달콤하고 구수한
먹지 않아도 배고프지 않는 사랑이요
우리 외로운 나그네의 동반자니
빈 가슴 달래주는
아, 살아 펄떡이는 꽃다운 물상인 그대
들출수록 향기로운
우리들의 이 보배와 같은 풍성한 양식이여

겨울 이 계절의 아쉬움

꽃의 향기에 취한 적이 있었지
5월의 장미
그 화려했던 모습에 넋을 잃은 적이 있었고
한 송이의 들국화가 들려주던
철 지난 계절의 노래
아, 나는 그 무서리 내리던 늦은 가을의 노래를
쿵덕쿵덕 떨리는 가슴으로 들었느니
이미 다 떠나보낸 봄여름과 가을
그 허무의 가슴앓이
텅 빈 가슴을 안고서 때늦은 참회를 하며
스스로를 용서할 수밖에 없었던 참담한 날들
이제도 겨울은 날로 깊어만 가고
사랑, 그것 하나만을 거두어 품고서
새로운 세상을 그리면서 행복에 젖노니
다만 아쉬운 것은 그 들꽃들의 향기
그때 그 풀꽃들의 노래를 다시는 들을 수가 없다는 것과
내가 바라는 대로 그런 좋은 친구가

단 한 번도 되어보지 못했다는 것

　그것이 오직 아쉽고도 부끄러울 뿐이니

　오늘도 북서풍이 쌩쌩, 나의 겨울은 점점 깊어만 가

고…

1퍼센트의 위력

반 정도의 지혜만 실천하여도
제법 칭송 받는 삶이라 할 수 있지만
49퍼센트의 성공과 51퍼센트의 실패로는
지탄받기 일수라는 우리 이 야박한 인생
그 1퍼센트라는 것이 곧
성공과 실패의 기준이 된다는 것이니 놀라운 일이다
과분한 자리를 꿰차고는 목에다 힘을 주고 으스대는
저 못난 군상들, 그 대부분이 1퍼센트의
무엇인가가 부족하기 때문이니
남을 속이고 부정한 방법으로 이득을 취해놓고는
부끄러워할 줄 모르는 그런 족속들일수록
어디에서나 관심의 대상이 되고 싶어 하며
높은 자리에 앉아 박수 받고 싶어 하는
그런 종류의 어리석은 인생, 그 대부분이
1퍼센트의 부족함을 깨우치지 못한 결과라 할 수 있음
이니
우리 인생을 성공과 실패로 냉철하게 갈라 세우는 1퍼
센트

그것은 바로 스스로 깨닫고 생각하고 판단할 수 있는
능력이며
지금 내가 이렇게 살아가도 되는 것인지?
고민 끝에 지혜로운 답을 얻어내고 묵묵히 실천할 때
그때 드디어 채워질 수 있다는 1퍼센트
그를 위해 오늘 또 머리띠를 동여매야 하는 것이 인생
이요
자비를 얻어낼 수 있는 유일한 길이니…

뿌리찾기   작가마을시인선30 · 김 석 주

제3부

지혜

들릴 때 까지 기도하고
간절히, 아주 간절히 기도하는 것이다
다정한 저 새벽별들의 노랫소리 들려오고
가슴에 자박자박
님 오시는 그 소리 들릴 때 까지

길고 긴 세월
그 속에 길이 하나 있었느니
지혜의 길
환희에 넘치는 그 꿈속에 길이 있었고
사랑의 신비
귀향의 길이 활짝 펼쳐져 있었느니

보일 때 까지 기도하고
아주 간절히, 간절히 기도하는 것이다
우레와 같은 저 강물의 함성이 들려오고
두 눈에 아롱아롱
우리 이 그리움의 끝이 보일 때 까지

2015. 12. 24

성공의 길

사랑하고 있는가?
그것이 문제로다, 사랑한다는 것
길은 오직 그거 하나뿐이니
지금 우리, 서로 사랑하고 있는가?
생명의 원천인 이 땅을 한없이 사랑하고
여기 이 무심한 바람과 새벽별들과 달님
은혜로운 아침 해님을 지극정성으로 사랑하고
눈물겨운 우리들의 이 가난한 마음
속절없는 외로움의 신비를 사랑해야 하느니
우리 서로 사랑하고 있는가?
옹기종기 더불어 살아가는 꽃다운 세상
저 들판의 허기진 풀들과 신비의 하늘을
온 정성을 다하여 사랑해야 하느니
그 속에 진정한 답이 숨겨져 있기 때문이니
지금 우리, 서로 사랑하고 있는가?
바로 그것이 문제로다, 사랑한다는 것
그거 오직 하나뿐이니
승리의 길, 우리 인생의 참다운 삶의 길은

2016. 1. 1

찬란한 이유

홀쩍이며 우는 이 모두
슬픔과 절망, 그 아픔 때문이라 생각했었다면
아주 정말 잘못된 판단을 한 것입니다요
날마다 광풍이 불고 맥없이 넘어지는
저기 저 들판의 풀들을 보시라요
함께 또 콧노래 흥얼거리며
손잡고 일어서는 저기 저 풀들의 해맑은 미소와
뭇 생명들의 눈물겨운 삶의 여정을
자세히 살펴 보시라요
죽은 듯이 내몰리고 짓밟히다
어느 날 훌쩍 하나 같이 떨어져 가도
같은 종류의 허무이고 슬픔의 길이 아니 듯이
꽃다운 우리 삶의 영광은 고통의 그 신비 속에 있음이니
세월이여, 오— 환희의 순간이여
우리 그 다 못한 사랑에 꺼이꺼이 울어본 이
그들만이 깨닫게 될 것이니
밀알 하나가 땅에 묻히어
곱게곱게 썩고 있는 그 찬란한 이유를…

복수

한 인간을 지독한 절망으로
한 가족을 끝없는 구렁텅이로
그리고 한 무리
한 민족을 슬픔과 분노에 떨게 하고
좌절의 깊은 수렁으로 빠트리는 녀석들에게
복수는 곧 기도해 주는 것이다
그 가련한 것들을 위해 간절히 기도해 주는 것이다

자기들의 이득만을 위하고
자기 집단의 안녕과, 보다 풍요로운 삶
자기들의 행복을 위한답시고
악랄하게 뺏어가고 짓밟으며
남이야 죽든지 말든지
남의 약점을 교묘히 물고 늘어지며
거짓말을 밥 먹 듯
악법을 잔인하게 이용하는 교활한 만행蠻行

한 인간의 꿈을 무자비하게 짓밟고
한 가족을 좌절의 구렁텅이로

그리고 한 민족

한 집단의 숨통을 죄며 절망케 하고

공포의 수렁으로 빠뜨리는 광란의 녀석들에게

복수復讐는 곧 기도해 주는 것이다

그 가소로운 것들을 위해 정성껏 기도해 주는 것이다

2016. 8. 15

그림 그리기

하늘나라,
저 천국이란 곳에 누가 가본 적이 있는가?
그런 이가 없으므로
우리 저 하늘나라를 마음껏 그려보는 것이고
그려보고 또 그려보아도 그 눈부신 아름다움을,
그 넘치는 풍요로움을, 그 위대한 사랑을,
그 넉넉한 평화를 다 표현할 수가 없어
그렸다 지우고, 지우고는 또
마음껏 상상해보는 것이다.
불바다, 죽지도 않는다는 그 지긋지긋한 고통의 날들
그 처참한 슬픔의 세상, 그런 곳에
누가 가본 적이 있는가? 그러므로 이 머릿속에다
그 울부짖고, 울부짖고 울부짖는
피눈물의 세상을 날마다 조금씩 그려보며
더불어 사람답게 살아야겠다는 각오를 하는 것이고
간절히, 간절히 기도하며 살아가는 것이다
후회하지 않는 우리네의 인생

그 최후의 승리자가 되기 위해

금의환향, 저 환희에 찬 또 한 세상을

날마다 조금씩, 조금씩 그려보는 것이다

살아 펄떡이고 있는 우리들의 그 영원한 세상을…

일기 2

공짜 지하철을 타고 앉아 앞사람과의 눈 맞춤이 거북하여 자는 척 다시 또 깊은 생각에 잠겨보았던 것이다. 너와 나, 우리 사는 세상이 과연 평등한 것인가? 각기 다른 생각과 희로애락을 즐기고, 각자의 방법으로 수입을 얻고, 각각의 필요에 따라 지출을 하고, 각기 다른 기쁨과 슬픔을 겪으면서 살아가고 있는 우리들의 인생에 평등한 것이 과연 있긴 있는 것인가? 라는 오래된 질문에 그 답이란 것이 갑자기 생각나는 것이었다. 그렇다 모든 인간에게 평등한 것이 단 한 가지가 있으니 그것이 바로 이 세상을 언젠가는 떠나야 한다는 사실이다. 스스로의 능력을 믿고 으스대던 사람들도 가고, 돈이 많은 부자들도 피해갈 수 없는 평등의 길, 모든 인간들이 한 결 같이 걸어가야하는 죽음의 길, 이것만이 오직 평등한 것이다, 이런 대답이 쿵덕쿵덕 갑자기 들려오는 것이었고 평등, 이 매력덩어리인 죽음의 신비를 이제부터라도 뜨겁게 사랑하면서 그 안에 숨겨져 있는 신비롭고 소중한 보석들을 하나하나 캐내어봐야겠다는 욕망이 콸콸 솟아나는 것이었다. 죽음이여! 오- 사랑받아 마땅한 새 생명의 완벽한 길잡이여…

일기 3
　－ 헤어진다는 것에 대하여

　한마디의 인사도 없이 그대 정말 우리 곁을 훌쩍 떠나 가버렸다는 소식을 듣고도 마냥 박수를 보내었던 것은, 언제든지 다시 돌아갈 수 있는 그런 곳을 평소에 다독거리며 알뜰살뜰히 살아가는 그런 인생이야 말로 너무 값지고 아름다운 것이라 생각했기 때문인데, 어느 날 불쑥 그대 혼자만 잘살아보겠다고 우리 곁을 갑자기 떠나 가버렸다는 소식을 듣고는 몹시도 야속하였으며 불쌍하다는 생각이 들기도 하였는데, 끝내 벗어나지도 못했다는 그 지독한 가난, 떠나 갈 곳도 반겨줄 사람 아무도 없는 그런 외로운 이들을 못 본체 하고는 절대로 잘 살 수가 없다는 우리 인간사의 이 엄청난 진리를 단 한 번도 깊이 생각해 보지 않은 채 동분서주 미친 들개처럼 뛰어다니다가 어느 날 훌쩍 우리 곁을 아주 영영 떠나 가버렸다는 그대의 소식을 전해 듣고는 가슴이 너무 정말 짠해지는 것이었고 혼자 괜히 중얼중얼 중얼거려 보았던 것이다. 돌아가야지, 그냥 그렇게 죽어버려서는 아니 되고, 그래서는 정말로 아니 될 일이라고…

일기 4

- 2016. 1. 2

멀리 있는 친구들에게 새 시집 2권씩을 보내 주었더니
너무나도 뜻밖에 오직 한 친구가 작은 금일봉을 기어이
보내주었던 것이고, 나는 또 꿈속의 별이 된 기분처럼 걸
음마다 힘이 불끈 솟아나는 것이었으며 세상이 또, 내 이
두 손아귀에 살포시 들어오는 그런 기분이 들었던 것이
다. 정말이다, 봄이 오는 감동처럼 이것저것 꽤나 힘들게
살고 있다는 그 친구, 친구에게 너무 큰 감동을 받아먹고
나니 어찌나 가슴이 콩닥거리고 시샘이 나던지 그만, "복
받아라 이 문디야" 혼자 괜히 중얼중얼, 중얼거려 보았던
것이다.

아버지

울어버리고 말았을 거예요

님의 그 자상하신 손길 아니었다면

넋을 다 내려놓고서

미친 듯이 엉엉

저 끝도 없는 미궁 속으로 떨어져버리고

말았을 거예요 우리 아버지의 그

지극한 보살핌 아니었다면

저 그립고도 그리운 고향하늘

더불어 넘쳐나는 평화와

축복과 안식의 꿈같은 날들

그 짜릿한 행복의 맛을 보지 못했을 거예요

눈물겨운 우리 아버지의 그 각별한 사랑 아니었다면

아, 저 밤하늘의 별들과 더불어

함께 노래하고 뛰노는 자유

이렇게도 황홀한 꿈을 꾸어보지 못했을 거예요

우리 위대하신 님의 그

넘치는 사랑 아니었다면…

알 수 없는 일

  – 2016. 8. 15

섭씨 40도에 가까운 112년만의 무더위
참기 힘든 폭염 속의 지난여름 어느 날이었다
열린 창가에서 "바람아, 아이고 산들바람아" 하며
나도 몰래 창공을 바라보면서
"바람아, 바람아 제발 좀 불어다오"
바람을 또 애타게 불러보았던 그런 날이 있었던 것이다

지난겨울에도 그랬다
삼한사온도 없이 모질게 춥던 한겨울 어느 날이었고
이러다가 우리 가난한 이들 다 얼어 죽겠다 싶어
"아이고 하늘님요" 하면서 북녘하늘을 멍하니 바라보며
"제발 좀, 제발 좀" 하면서
간절히, 간절히 기도한 날들이 많았다는 것이다

돌이켜보니 그렇다. 극한의 상태
지독한 한파나 폭염을 겪을 때마다 합장을 하고
 간절히 빌어보기도 하지만 동참하는 이가 많지 않다는
것이다

모두가 한 마음, 지극정성으로 무언가를 소망하면

국난이나 통일 같은 큰 문제들도 해결될 수 있지 않을까?

참으로 알 수가 없다는 것이다, 그래서 늘 아쉽기만 하고…

땅속의 별

아주 가난한 농촌에서 태어났었단다
해방이 되던 해에 정든 고향을 떠나
아무 연고도 없는 도시에서 이일 저일 온갖 고생 끝에
도청道廳의 사환使喚일자리를 얻고부터 주경야독晝耕夜讀
야학의 악조건 속에서도 수재秀才소리를 들어가며
공부에만 열중하여 30대의 후반
그렇게도 어렵던 "고등고시"에 합격을 하고 판사가
되어
늘 억울하고 약한 자의 편에 섰던 판사로서의 생활
결코 녹록하지 않았던 그 기나긴 세월이 흘러가고
나이를 먹고 퇴직을 하고서는
인권변호사, 그 가시밭 같은 그런 길을 스스로 택하여
가난하고 뒤쳐진 사람들과 늘 함께 울고 웃는 삶
돈보다는 사람을, 그것도 미천하고 힘없는 사람들을 위
해
헌신을 다 하다 여든 중반이 되던 해의 가을 어느 날
평일 저녁 미사에 참례를 하고 돌아와서는
성경을 읽고, 묵주기도를 바치다 잠이 들었는데
다시는 깨어나지 않으셨다는 그의 일생

많은 사람들의 기도와 애도 속에 묻히었지만

그 사랑의 흔적만은 수많은 사람들의 가슴에 반짝반짝

별이 되어 빛나는 청백리의 삶

아, 이제야 보고 알았던 것이다. 우리 이 깊은 땅 속에

서도

수많은 별들이 반짝이고 있다는 사실과

우리들도 그 눈부신 별 하나가 될 수 있다는 것을…

아름다운 눈과 좋은 귀

가난하고 못난이들의 편이 되어주는 것이고
슬픔의 사연들을 달래주는 것이다, 아름다운 눈은
오색 저 화려한 잔치에 마음 두지 않고
약하고 미천한 곳에 정을 주며
그것들과 더불어 둥글둥글 밤낮없이 어울리고
온갖 희생들을 감수하며
나보다 못한 곳에 관심을 두고
그들의 일 거수 일 투족
희로애락을 함께 공유하며 울기도 하고
함께 또 깔깔대며 더불어 살아가는 것이다
지혜로운 눈과 좋은 귀는 또
그 주인을 달콤한 곳으로만 인도하지 않고
가시밭, 힘든 길을 마다하지 않으며
무작정 좋은 것과 높은 곳을 탐하지 않는 일이다
아름다운 눈과 좋은 귀는
저기 저 아득히 먼 곳을 바라보며
당당하게 나아갈 수 있도록 평화의 길로 인도하며
쉽게 흔들리지 않고, 쉽게 절망하지 않도록
사랑의 길로 인도하는 것이다, 설령 그 길이
높고 또 험하고 외롭다 할지라도

오늘 이 순간

- 부활절

오늘이다, 지금 이 순간
용서의 그 위대한 신비를 깨닫고 뉘우치며
단호히 실천해야 하는 바로 그런 날이다
우리 인생의 참다운 성공과
행복의 온전한 삶을 갈구하고
더불어 살아가는 우리세상의 평화를
간절히, 간절히 기원한다면
오늘 드디어 서로 용서를 하고
오순도순, 다시 우리 하나 되는 축복의 날
지금이 바로 그런 날, 그런 순간이다
용서만이 오직
우리들의 모든 소망과
화려한 꿈을 다 이루게 함이니
사랑이다, 불사不死의 길잡이요
최후의 그 눈부신 승리자가 되기 위해
오늘 기어이
용서부터 하고 볼 일이다.

공통점

 - 20170704

인디언들의 기우제祈雨祭와 나의 기도는
공통점이 참 많다는 것을 이제야 알았다
그 첫 번째가 온 정성을 다 한다는 것이다
기우제, 기다리다 기다리다 더 참을 수가 없을 때
부정한 일들을 모두 금하고서는
새벽 물로 목욕재계하고, 지극 정성
몸과 마음을 하나로 집중한다는 사실이고
나의 기도 또한 앉으나 서나 언제나
절실한 마음, 진실을 다 한다는 것이다
이 한 가지만 봐도 인디언들의 기우제와 나의 기도는
너무나도 흡사하다는 것인데
꼭 이루어진다는 사실 또한 너무 닮았다는 것이다
비가 올 때까지 기우제를 지낸다는 인디언들이나
소망 다 이루어 질 때까지
기도하고 또 기도하며 살아가는 나의 이 간절함 때문인지
오랜 가뭄 끝에
오늘 드디어 금쪽같은 단비가 쏟아지고 있음이니

타는 가슴 그 서러움을 겪어 본 이들이야 말로
이 땅의 평화와 사랑이 얼마나 소중한 것인지 알고
하나처럼 어울려 합장할 수 있다는 사실이다
인디언의 기우제와, 날마다 자비를 구하는 나의 기도처럼

선택

– 위험한 자유

자유였습니다
어디로 가든, 무엇을 어떻게 하든
그것은 스스로가 판단해야할 문제였던 것입니다
그때 그 슬프고도 잔인했던 육이오 남침
그 지독한 인민군들이 쳐들어오자
단봇짐을 이고 지고 허둥지둥 남으로, 남으로
어떤 이들은 서울역으로 달려가
아무 기차에나 몸을 싣고는 넋을 놓았던 공포의 세월
정말입니다, 그 중에는 전쟁 물자를 싣고 가는
강원도 최전방의 춘천행, 또는 원주행이었고
경인선, 잘못된 기차를 타놓고는 피난을 간다면서
하염없이 믿고 기다리던 수많은 사람들에게
이것 타면 아니 된다고 아무리 소리쳐 봐도
소용없는 일이었다지만 그들 중에는 간혹
스스로의 잘못된 판단을 솔직히 인정하면서
새로운 길을 찾아나서는 용기 있는 사람들도 있긴 있었
답니다
그렇습니다, 아직도 자유입니다
돈이나 권력에 인생을 걸거나

득실거리는 저 엉터리 사이비에 속고도 모르는
그런 선택이야말로 아주 위험한 자유, 그런 것도 자유
어리석고 바보 같은 자유, 자유라고 침묵하는 자유
세상이 이렇게 혼란스러운 그 첫 번째 원인도 그렇고
빛과 어둠과, 성공과 실패 이 모든 것들이 다
우리들이 얻고 누리는 위대한 자유
선택이라는 그 위험한 자유 속에 있음이니…

보화 쌓기

바보처럼 그 친구 늘 그랬습니다
아내와 다툴 때는 절대로 이기려 하지 말라고, 아니
져 주면서 웃으라고, 그것이 바로 이기는 것이고
하늘에다 보화寶貨 쌓는 길이요
대단히 재밌고 보람 있는 일이라고, 그 친구 늘 그래도
내 마음 가는대로 살아왔습니다
그러다가 오늘 처음으로 꾹 참으면서
양보라는 거, 그거 한번 해보았더니만
기적 같은 일이 정말로 벌어지는 것이었습니다
아, 우리 집사람이 글쎄
40여년 만에 처음으로 글쎄
져 줘서 고맙다고, 미안하게 되었다고
우리들의 그 꿈과 같은 평화와 사랑
너무 정말 신기한 일이었습니다, 하늘에다 보화를 쌓고
태평성대, 행복해 지는 일이 결코
불가능한 일이 아니라는 것을 오늘 처음으로 경험하고
부터
우리네의 인생
아, 그 환희의 순간도 맛들이게 되고…

물안개

초겨울, 첫 추위가 아주 매섭던 그런 날이었다. 해운대
얄미운 회색구름이 잔뜩 드리워져 있었고
솜털 같은 물안개가 뭉게뭉게
차갑고 매서운 바람 속의 가녀린 율동
그러나 결코 아무것에도 구애받지 않고
무엇에도 구속되지 않으며
서로 다정히 어깨에 어깨를 걸고서
손에 서로 손을 맞잡으며 너울너울
오직 하늘로, 하늘로 향하는 일편단심
그 춤사위가 너무나도 당당하였으며
세상의 그 어느 것에도 매료되지 않고
그 어떤 매서운 칼바람에도 쓰러지지 않는
끈질긴 이상, 결코 꺾이지 않고
절망하지 않고 오직
하늘로, 하늘로 향하는 지극정성
그 기쁨에 넘쳐 더덩실 춤추며 떠나던
물안개, 저 환희에 찬 몸짓이여

비운

틀려도 좋은 것이 있지요
우리 엄마처럼, 둥근 지구를 끝내 믿지 못하고
세상의 땅덩이는 가도가도 끝없는 것이라
그렇게 믿고 당당히 사셨다는 사실과
대부분의 아이들은 자기 엄마가 제일 예쁘고
자기 아버지가 세상에서 제일 힘이 세다고 믿고 사는
것처럼
하나뿐인 자기 아들의 무능을 감싸주며
끝까지 믿고 사시었던 우리 어머니
믿지 않을 때도 별 볼일이 없었다며
세상일 모두 다 알고 계신다는 위대하신 하느님
하느님이 직접 세우셨다는 성당만을 고집하며
그 말씀을 믿고 행복하게 살다 가신 우리 어머니처럼
믿으나 믿지 않으나
언젠가는 우리 다 떠나야할 세상
만萬에 하나라도 믿지 않고 살다가
천만에 하나라도 그 판단이 틀린다면
그때는 정말 후회를 해도 소용없는 일이니

그때가 바로 비운悲運의 순간

　　그런 바보 같은 인생보다는 틀려도 행복한 믿음

　　믿고 살다 가야한다고 혼자 늘 중얼거리는 사내가 있음
이니

　　그것이 행복의 온전한 길이라 고래고래 글로써 소리치
는

뿌리찾기

작가마을시인선30 · 김 석 주

제4부

혁명에 대한 소고

아주 냉철한 판단력이다
일편단심, 갈고 닦고 갈고 닦는 수양의 길이며
탐욕과 교만과 불통의 고집을 스스로 꺾어내는 열정이
고
남용濫用의 깃발을 거두어들이는 깨우침이다
혁명이란 이처럼 작고 소소한 일들이다

지난날의 폐습들을 과감하게 청산하고
더불어 살아가는 참다운 지혜
있는 그대로 받아들이는 단호한 용기이며
"아니요"라 말할 수 있고
해야 할 일과 하지 말아야할 일에
목숨까지 걸 수 있는 의로운 정신이다

평화의 길로 나아가는 용사의 정신이다
정의의 길을 뚜벅뚜벅 고집하며
참 다움을 주저 없이 받아들이는 판단력이고
촛불처럼, 어둠과 싸워 이기는 용사勇士의 정신이다
혁명이란 이처럼 가장 인간적인 일들이다

변화의 꿈

예측불허의 협주곡이다
초가草家들이 허물어지고, 도시화 되어가는 농촌
어딜 가나 까마득한 아파트고
없던 길이 새로 생기고 모텔이 들어서고
이웃집 술친구가 아주 멀리 떠나 가버리고
낯선 사람들이 단봇짐을 이고 지고 이사를 오고
다리가 세 개인 불사조가 태어났다는 소식에
애써 만든 살상무기들이 무용지물이 되었다는
아주 참 반가운 소식이 들려오고
투명인간이 되게 해달라는 70년 동안의 기도가
오늘 더디어 빛을 보게 되어, 저 아침 햇살처럼 훨훨
왜국으로 건너가 그 못난 것들의 주둥아리를
묵사발 만들었다는 통쾌한 뉴스처럼
우리들의 위대한 사랑과 정의가 꽃피어나는
새로운 세상이 활짝 펼쳐지는 변화의 꿈을 꾸어보는 것
이다
잘난 사람 못난 사람의 격차와
갑과 을, 빈부의 차이가 하루아침에 사라지고
새로운 봄이 오 듯

더불어 살아가는 새로운 세상이 펼쳐지길 바라는 우리
들의 꿈
　　꿈은 반드시 이루어지는 것이라 믿고 당당하게 사느니
　　자유란 이렇게도 황홀한 이상理想이다

사랑에 대한 소고

사랑은 울리는 것이다. 아름다운 사랑은
너와 나의 가슴을 찌잉하게 울리다가
저 하늘의 수많은 별들을 울리고
허허벌판의 풀들을 훌쩍이게 하는 것이다
아침햇살 같은 우리들의 눈부신 사랑은…

가슴 아주 깊이깊이 파고드는 것이고
꿈속에서도 잊혀 지지 않는 것이며
오순도순
온전히 믿고 의지하고
단 하나뿐인 목숨을 걸고 하는 것이다
저기 저 들꽃 같은 우리들의 순수한 사랑은…

눈물겨운 것이다. 하늘에 이르는 참다운 사랑은
두려움이 없는 것이고
물과 불을 가리지 않는 것이고
세상의 그 어떤 보석보다 더 값진 것이다
오순도순, 더불어 살아가는 우리들의 온전한 사랑은…

역사의 소리

위대한 스승이다
시시때때로 합장을 하면서
모든 걸 얻게 하고
모든 것을 이겨내게 하는 힘이 되고
어디서나 감사할 줄 아는 마음
은하의 저 별 하나처럼 눈부신 인생
금의환향錦衣還鄉의 길로 나아가게 하는
우리 삶의 둘도 없는 길잡이요
최후의 승리자가 되게 하는
그 완벽한 무기이니
그것이 바로 사랑이요, 그거 하나뿐이라고
날마다 고래고래 소리치며
아직은 슬퍼하며 절망하지 말고
너무 그렇게 기뻐하며 날뛰지도 말라고
새벽 저 별들과 함께 소리치며 헐떡이는 스승이다
사랑하다, 사랑하다 훌쩍
돌아가야 하는 것이 우리네의 참 인생이라 가르치는…

낙落자에 대한 소고

꽃이었다. 화무십일홍花無十日紅
스스로의 자태를 마음껏 뽐내고 쏘다녔던
저 화려한 꽃들이 떨어지고 나면
나뒹구는 저 낙엽보다 더 추하여진다는 것을
저기 저 꽃들은 모른다, 꽃 같은 것들은

천명天命이라, 스스로의 임무를
수고로이 완수해가는
저 붉게 타오르는 황혼이란 이름이여
그대 오직 사랑이란 추억, 그거 하나만 남기고
미련 없이 훨훨 날아서 가라
그리고 스스로의 뒤태를 보고 마음껏 즐겨라
얼마나 많은 이들과 더불어 울고 웃고
함께 또 땀 흘리며 손잡고 걸어온 세월인가
그 눈물겨운 추억들이 얼마나 위대한 것인지
눈여겨들 보고 즐겨라
저기 저 낙엽보다 추한 낙화의 몰골을 보며

낙엽이다

낙화보다 더 당당하고 아름다운

저 황혼이란 이름의 잔잔한 눈부심이여

때가 차면 꽃도 잎도 모두 다 지고 말 일이지만

낙엽이다, 이 가을들판을 더욱 황홀케 하는 것은

화려한 꿈

서로의 죽음을 졸卒한다 했던 양반의 시절이 있었지
몹쓸 병마를 이기지 못한 이팔청춘
그런 애처로운 죽음을 "망亡"이라 칭하고
한 송이의 낙화처럼 지고 말았다며
아쉬워하고 안타까워했던 그런 시절이 있었지
목에다 힘깨나 주고 살았던 사람들에게는
서거逝去라는 엄숙한 단어를 붙여주기도 하였으며
사고사를 당하였다는 말과
연세가 많은 어른이나 평소에 존경했던 분의 죽음에는
"돌아가셨다"는 거창한 말을 붙여주기도 하였는데
당치않은 언어라 생각되는 것이다
살아생전에 믿고 살았던 또 하나의 세상
죽어 돌아가기를 소망하지 않은 그런 죽음을 놓고
돌아가셨다는 말을 쓴다는 것은 이치에 맞지 않기 때문
이니
돌아간다는 것은 없어지지 않는다는 것이고
무릉도원武陵桃源
그 천상낙원으로 돌아가겠다는 화려한 꿈

그런 위대한 꿈을 꾸며 살았던 사람들을 두고 하는 말
이니
늘 감사하며 살고, 신명나게 살다 가는
그런 눈부신 생애를 두고 하는 말이니…

어느 날의 꿈 이야기

출생지가 나와 같은 원효대사
먼 고향의 까마득한 어른이신 스님께서 꿈속에 오시어
내 이 두 손을 꼭 잡으시고는, 금강산 구경이나 갔다 오
자면서
갈 길을 재촉하는 것이었고, 나는 또 꿈속에서 우물쭈
물
꽁무니를 빼며 그때의 신라 땅
경상북도 경산시 자인 골의 그 뽕밭에서 태어나신 인연
으로
귀한 걸음 해주신 것은 고마우나, 민족의 아픈 역사
호란胡亂의 그 너무나도 굴욕적인 순간들과
임진왜란, 너무 정말 끔찍하고 잔인한 아픔의 역사와
왜국에 의한 한일강제합방의 수모와
너무나도 슬프고, 가슴 아픈 동족상잔의 육이오,
부끄러워 차마 다 하지 못한 굴욕의 역사로 해서
금강산, 저 북녘은 찾아 갈 수 없는 땅이 되었다는 사연
들을
대충 그냥 듣자마자 버럭 같이 화를 내시던 원효스님
무엇들 하고 있었느냐고, 그래놓고 아직도 저지랄

동서남북 노론 소론, 아직도 사리사욕에 취해있다니
바보 같은 것들, 한 치 앞도 내다보지 못하는
너무나도 한심하고 멍청한 것들
하나로 똘똘 뭉쳐도 모자랄 이 냉엄한 경쟁 속에
아, 이 못난 것들
소리치는 원효스님, 내가 괜히 죄인처럼 벌벌 떨었던
것이다
간밤의 꿈속에서 천년의 역사를 보았느니…

2016. 11. 08

샘즈

– 20170502

조국을 버려야했던 슬픔을 안고서
알레포, 시리아의 북부도시를 떠나야했던 만삭의 여인
그 피난길의 절망 속에서 아이를 낳았고
그의 이름을 샘즈라 지었다. 희망이란 뜻이다
희망이 보이지 않던 전장에서의 고통이 얼마나 컸기에
아기 이름을 희망이라 짖고 날마다 부르고
불러 보고팠던 것이었을까? 샘즈야! 샘즈야!
희망이 얼마나 소중하였기에
목이 터져라 불러 라도 보고픈 것이었을까 희망
희망은 용기의 모태가 되고, 고통을 이겨내는 힘이 되
며
기다릴 줄 아는 위대한 사랑이 되느니
희망이란 곧 사랑의 어머니가 되고 사랑은 또
평화를 낳게 하는 새 생명의 아버지요 어머니가 됨을
시리아의 육 백만에 이르는 피난민들은 아느니
IS 반군들의 그 잔인한 어리석음과
이성 잃은 정부군, 너무 정말 바보 같은 알 아사드란 지
도자와
러시아의 폭격과, 반군들을 지원하는 국가들

그들 또한 한 없이 어리석고 잔인할 따름이라는 것을

저 무심한 하늘은 모두 다 알고 있음이니, 희망이여

샘즈를 얻은 우리 이 땅 위에 다시 또 희망의 꽃이 피어

나기를

희망하며 오래 오래토록 합장을 하느니

병신년 겨울 어느 날 밤의 여인들
- 촛불집회 현장

달을 아주 좋아한다 하였습니다
동짓달 열아흐레의 그 은은한 달빛
서로 겨우 알아볼 듯 말 듯 한 얼굴
그 때 묻지 않은 열정과 열정이 서로 맞닿아
들불처럼 활활 타올랐던 애국의 열기처럼
숭고한 사랑은 언제나 온몸을 던져서 했었다며
오늘 여기 나오지 않을 수가 없었다는 아이 업은 여자
그는 또 별을 참 좋아 한다고도 하였습니다
특히나 새벽별, 밤새 어둠과 싸워 이기는
그 용사와 같은 별들을 너무 정말 좋아 하였으며
아니 그런 별 하나가 꼭 되고자 한다면서
오늘 이 묵은 어둠과 싸워 이기는 용사 중의 용사
그 뜨거운 눈물 함께 쏟아내야 한다는
그런 열정의 여인들이 차고 넘쳤던 혁명의 현장에서
우리 새날의 눈부신 희망을 보았던 것이니
탄핵정국, 촛불들이 별꽃처럼 타올랐던 코리아의 광화문
위대하신 충무공 대장군님과, 세종대왕님이 지켜보고 계
셨던

2016년 12월 17일, 진눈깨비 휘날리던 그런 밤이었다
시린 손을 호호 불어 가며
희망의 새 역사를 쓰고 있었던 바로 그때 그 자리의
아, 용사와 같은 여인들의 함성이 저 하늘을 찌르며
민주의 새로운 시대를 활짝 열어가고 있었음이니…

중간

어정쩡한 그런 자리였다
육십이면 이십에서 사십사이
늘 그 정도의 실력이 고작이었지만
성적표가 나올 때마다 앞쪽을 바라보며
다짐 또 다짐했던 추억의 순간이 있었고
그때가 그래도 소중한 시간이었다, 학창시절
그 중간의 한계를 벗어나지 못한 채
엄벙덤벙 엉터리로 세상살이를 시작하면서도
무엇인가 크게 한번 이루어봐야겠다는 허망
세상살이 그 혹독한 맛을 보고나서야
돌아보고 내다볼 줄 아는
올곧은 삶의 정신을 새로 갖게 되었음이요
칠십 여년 만에 얻어낸 소중한 수확물이 되었느니
오늘 또 멀리서온 친구를 반기면서
국밥 한 그릇에 소주잔을 놓고
그동안의 안부를 서로 묻고 정담을 나누며
티끌 같은 보화를 하늘에 쌓게 되었던 것이니

중간, 참으로 소중하고 소중한 자리임을 이제야 깨닫는
것이다

　헤아려도 보고, 뒤돌아도 볼 수 있는 그런 값진 자리임
을

짝

바다와 하늘과 같은 관계를 일컫는 말이다
희망과 절망이 양손 아귀에 있는 것처럼
가슴의 상처와 영광 또한
서로 떨어질 수 없는 불가분의 관계이며
꽃구름, 뜬구름과 은하의 별들이
이 황량한 도시의 꿈이 되는 짝이요 사랑이 듯
희생과 인내가 환희의 짝이 되고
손바닥으로 하늘을 가리려는
방자한 가슴들이 절망과 서로 짝이 되는 것과 같이
저기 저 땅이 꺼질듯 한 한숨들이
행복의 다정한 짝이 되기도 하는 위대한 신비처럼
스치는 이 상쾌한 바람과 아침 해, 저 먹구름과 철새 떼가
서로 어여쁜 짝으로 존재하며
우리 이 태평성대의 튼튼한 기둥이 되게 함이요
그런 짝으로 존재하게끔 꿈을 꾸어야 하느니
나무를 만나면 나무를 사랑하는 짝이 되고
들꽃들을 만나면 들꽃들과 잘 어울려 놀고
비를 만나면 물의 친구, 바람과는 늘 다정한 벗이 되고

우리 이 소중한 이웃, 친구들과

금쪽같은 가족들, 세상에 둘도 없는 부부간에는

오래오래 변치 않는 사랑의 단짝이 되어

이 땅이 정말 평화로 가득한 그런 땅이 되어 지게

우리 서로, 없으면 아니 되는 소중한 짝임을 깨달아야

하느니

가슴 아주 깊이깊이 깨달아야 하느니…

그 자리

어느 날, 나에게 다시 물어본다.
너 지금 어디로 가고 있느냐고
그랬더니 아직도 거기 그 자리, 그 곳에서 뱅글뱅글
제 꼬리를 잡으려는 흑 고양이처럼
한 발짝도 나아가지 못한 나를 또 보게 되는 것이다
부끄럽게도 그들의 계산된 독설에
그냥 또 맞받아쳐버렸던 그 이성 잃은 분노는
오래전의 어느 날 보다 조금도 성숙되지 않았고
한 치의 발전도 없었다는 사실을 증명이나 하듯
인문학, 그 이성의 책장을 다시 넘길 때마다
변함없이 잠이 또 퍼붓는 것이고 하품이 나니
도대체 이 무서운 병마는 왜 물러날 줄 모르는 것인가
책을 들면 잠이 오는 이 무시무시한 병마야말로
그때 그 학창시절의 황금시기를 열등생이 되게 했고
그 뼈아픈 추억 때문에 무능이라는 이 부끄러운 딱지를
달고서
오래토록 변방을 서성이고 있지만
단 한 번도 부모님을 원망하지 않았다는 사실과
십자가처럼 그냥 지고 가야겠다는 생각 또한

조금도 변하지 않고 그때 그 자리를 지키고 있음이니
사랑이라는 위대한 진리의 말씀을 믿고
뚜벅뚜벅 흔들리지 않고 걸어가겠다는 각오 또한
조금도 변치 않고 그때 그 자리를 지키고 있음이니
하늘이 무너져도 솟아날 구멍이 있다는 그런 믿음도 그
렇고…

고백 3

고희를 훌쩍 지나고부터는
노래하는 재미와 기도하는 보람으로 산다 해도
과언이 아닐 것이다
더군다나 암 수술을 받고서
다시 사는 큰 은혜를 얻어 누리고부터는

그리움의 노래로 추억을 더듬으며
새로운 곡조를 지어 부르고
간절한 기도로서 못 이룬 꿈들을 위로하며
잃어버린 것에 대한 아쉬움을 달래고
어리석음으로 가득했던 지난날의 자국들과
불충과 불효와, 그 누구에게도
좋은 벗이 되어보지 못한 한 많은 세월
그 부끄러운 날들을 용서받기 위한
지극한 기도와 침묵의 그 금쪽같은 성찰의 순간

삶의 진정한 의미를 깨닫고 부터는
기도하는 재미와 뉘우치는 보람으로 산다 해도

과언이 아닐 것이다

더군다나 일 거수 일 투족이 다

은혜로 이루어지고 있다는 것을 깨닫고 부터는…

기다림 2

성공이란
기다릴 줄 아는 사람들에게 주어지는
눈부신 감동이라 했다
행복이라는 그 얄미운 녀석도 그렇고

우리 이 세상에서 이루어질 수 있는
모든 것들은 다 부질없는 욕심이요
환상이고 착각일 뿐
인생의 진정한 성공은
이 세상에서 이루어지는 것이 아니며
행과 불행과 슬픔과 기쁨 또한
여기 이 땅에서 정해지는 것이 아니니
그러므로 아직은 슬퍼하고 절망하거나
목에다 힘을 줘서도 아니 되는 것이라 했다

영광이란
기다릴 줄 아는 사람만이 쟁취할 수 있는
기쁨이고 보람이라 했다
최후의 승리라는 그 환희의 순간도 그렇고

위대한 스승 2

– 인생에 대하여

바람이라 가르쳤다
세상에서 가장 무서운 것이 무엇 인고 하니
그것이 바로 사랑이요
바람 같은 물상物象이라 가르쳤다

꿈이라 가르쳤다
목숨보다 소중하고 눈부시고
별빛보다 화려하고 찬란한 것, 그것이 바로
우리들의 한결같은 꿈이라 가르쳤다.

그냥 퍼주는 것이라 가르쳤다
저 대 자연의 침묵처럼 다 내어주고도
무심한 듯 변함없는
저기 저 소리 없는 강물의 함성이라 가르쳤다

열정이라 가르쳤다
가난도 사랑이요 더불어 살아가는 위대한 인생
저 길섶의 풀꽃 하나에도 온전히 가슴을 여는
아, 그런 뜨거운 열정이라 가르쳤다.

위대한 스승 3

- 산다는 것에 대하여

자유라 말하였다
세상에서 가장 소중한 것이 무엇인고 하니
그것이 바로 자유와 평화이고 그를 위해 사는 것이
가장 보람 있는 인생이라 말하였다
옹기종기 더불어 살아가는 너와 나
우리 이 소중한 인연들과
아낌없이 내어주는 님의 위대한 사랑과 용서
이보다 더 귀하고 복된 것이 없음이요
죽지 않으면 모두가 죽을 것이요
죽음 속에 새 생명의 화려한 길이 있음이니
최후의 승리자가 된다는 것
저 환희의 나라로 나아갈 것인지
아니면 고통의 나락으로 떨어져버리고 말 것인지
성공과 실패의 삶도 그때 드디어
냉정하게 가려지는 것이지만 그래도 자유라 말하였다
하늘에다 보화 쌓는 일
그것이 가장 지혜롭고 복되게 사는 길이라
속삭이는 저 새벽별들의 노랫소리를
듣던지 말든 지도

겨울일기

- 2016. 12. 31

아쉬웠다, 세상일들이 너무 정말 아쉬워서
가슴 아주 짠해지던 그런 날이었다
꼬부라진 내 낡은 자전거를 달래가며
해운대 이 쓸쓸한 바다를 다시 찾았던 것이다
겨울 빈 바다
칼바람이 으스대는 해변을 돌아
미포尾浦, 그 외딴 바닷가의 고즈넉한 선善바위
다정한 벗 바위에 걸터앉아
다소곳이 저 먼 바다를 멍하니 바라보며
파도, 그 변함없는 춤사위에 넋을 놓자
불꽃처럼 타는 황혼
그림 같은 노을이 밀려오는 것이었고
"너무 그렇게 애태우지 마시라요"
내 이 마음속에 울려 퍼지는 그때 그 실향민의 소리
그 소리 자꾸만 입안에서 맴도는 것이었고
새로운 힘이 불끈 솟아나는 것이었다
오가는 저 철새들의 노랫소리 애처롭고
바람 여전히 차고 매서웠고…

갓집

고층아파트의 갓집의 갓방에 산다
두 번째의 일상이다
여름 그 살인적인 열기에 시달리고
북서풍이 무시로 들락거리는 겨울 한파寒波
그 고통을 참고 견디는 일이 쉽지 않다면서
아이들 방으로 도피해버린 얄미운 아내와
가끔씩 찾아와주는 재롱둥이 외손주들이
내가 있는 큰방으로 달려와 잠시 안겼다가는
할아버지! 방이 왜 이렇게 추워요, 에어콘 틀었어요, 하
면서
거실로 줄행랑 쳐버리는 갓집의 갓방
나는 그런 방에서 삼십여 년째 생활을 하면서
꾸역꾸역 시를 쓰며
진하게 느껴지는 계절의 감각에 고마워하며 사느니
가난 또한 소중한 사랑임을 깨우치게 했고
그래도 살아야 한다는 하늘의 소리를
귀담아 듣게 함이니 참으로 고마운 일이 아닐 수 없어
이 고층아파트의 갓집을 떠날 수가 없는 것이고

날마다, 즐겁고 보람되게 시를 쓰고 읽으면서
감사하며 사는 것이다
벗님 같은 달과 별과 구름과 바다가 안방에서도 보이는
하늘 가까운 이 고층아파트 갓집의 갓방에서

2016 12 24

행복찾기

다 같이 우리 한번 해보자 구요
저 신비로운 하늘도 가끔씩은 쳐다보고
밤이면 저 귀여운 별들을 하나둘 헤어보면서
안녕하세요, 별 친구들 반갑습니다
연인처럼 다정히 말도 한번 걸어 보고
잠 오지 않는 그런 밤에는 가슴의 창을 열고서
그때 그 역사의 순간들을 떠올려 보며
마음껏 고함도 한 번 쳐보고, 새로운 다짐도 해보면서
지금 이렇게 살아있음에 감사하며
둥글둥글 그렇게 우리 한번 살아보자 구요
참 행복이 거기에 있다니 꼭 그렇게 한번 해보자 구요
길을 걷거나 지하철을 타고서도
감사합니데이, 가슴을 열고서
오늘 이렇게 함께 해주셔서 정말로 감사합니데이
사방을 둘러보고, 하늘을 쳐다보면서도 고맙습니데이
그런 마음가짐으로 우리 한번 살아보자 구요
그렇게 하면 행복이 정말 슬금슬금 찾아온다고들 하니
그렇게 우리 한번 살아보자 구요.

제5부

뚱딴지 같은 생각

여름방학 중이었다. 일본의 여학생들이 우리 여학생들과 어울려 우리들의 아름다운 예절문화와 역사를 배우면서 우의友誼를 다지며 정답게 지내는 것을 보았다. 낮에는 우리 농촌생활을 체험하고, 밤에는 마을회관에서 한국의 뛰어난 전통문화와 역사를 배우는데, 일본 아이들이 아주 정말 신기하게 받아들이는 것이었다. 그들의 조작된 엉터리 역사를 배우다가 너무나도 악랄했던 자국의 침략행위들을 적나라하게 배우고 나서는 참으로 몸 둘 바를 몰라 하는 것이었고, 날이 밝기가 무섭게 정신대 할머니들이 모여 사는 "나눔의 집"을 찾아 큰 절을 올리면서 진심으로, 진심으로 뉘우치고 사죄하는 모습들을 보면서 나는 또 뜬금없이, 요렇게도 착한 아이들 몇몇 때문에 아직도 일본이란 나라가 천벌을 면하고 있구나, 하는 뚱딴지같은 생각을 하게 된 것이다. 정말로 그런 것인지도 알 수 없는 일이고…

살풀이

물렀거라, 아주 써~억 물렀거라 잡귀여
지축을 울리는 중모리장단에
말뚝이, 저 당당한 탈춤을 보며 얼씨구
우리들의 선조이신 그때의 민초들
그 서러운 혼과 혼을 불러 춤판을 벌이노니

길고도 기~인 세월
그 힘겨운 날들을 어찌 다 견디고
어찌 다 이겨내었으며
얼마나 서러웠을까
뺏기고 뜯기고 짓밟히며 살아온 생애
아, 어찌 다 참아내었을까
그 몸서리치던 가난의 세월
어떻게들 이렇게 살아남았을까
얼마나 엉엉 억울하다 울었을까

물렀거라, 시나위 배꼽춤에 굿거리장단
저 마당놀이 흥겨운 탈춤을 보며 얼씨구

아쉽고도 애처롭고 안타까운 민초들
그들의 수고로운 인생살이
그 맺히고 맺힌 억겁의 한을 풀어본다 덩더꿍

꽃

– 정신대 할머니들

한 송이의 아주 소중한 꽃이었습니다
어떤 이는 봄날의 벗 임 같은 진달래와 목련
또 어떤 이는 접시꽃, 달맞이꽃
길섶의 새하얀 민들레와 찔레꽃
아, 이 땅의 그 어여쁜 백의白衣의 꽃이었고
우리 서로 사랑해야할 형제요, 자매의 꽃이었습니다

그런 우리들의 보배로운 꽃들이 글쎄
무자비하게 꺾여 지고, 모질게도 짓이겨졌음이니
아니 사정없이 짓밟히고 문드러지고 말았음이니
너무나도 잔인한 것들의 만행
사람도 아니었음이니
하늘은 또 왜 그리 무심하였던지
그 탐스러운 우리들의 꽃들이 글쎄
너무나도 억울하고 아주 정말 무참하게
꺾여 지고 말았음이니
악랄한 것들
짐승보다 못한 것들에게 그렇게 우리 당하고 말았음이니

아, 오랜 세월 그 꽃들이 울부짖고 있었습니다

그 가련한 꽃들이 피눈물을 쏟으면서 울다가, 울다가

이제는 그 어여쁜 꽃들이 하나 둘

바람 타고 훨훨 저 하늘나라로 날아가고 있음이니

 거기에 가서 지지 않는 꽃으로 다시 활짝 피어나라 간절히 기도하고 있음이니

 놈들이 범접하지 못할 아아 평화의 나라, 영원한 사랑의 나라에 들어

2015. 8. 15

귀향

귀향이라는 영화를 보면서 나는
내 인내심의 한계를 시험당하는 그런 기분이었다
정말로 그랬다
저기 저 짐승보다 못하고 잔인한 것들
왜국의 그 지독하고 무자비한 군인들을 째려보면서 나는

너무 참 교활하고 비겁했던 왜정倭政 강압시대에
강제로 질질 끌려갔던 우리들의 꽃다운 누이들
그 광란의 왜군들에게
무참히도 짓밟히고 유린당해야 했던
그때 그 처참한 우리들의 모습이 너무 참 가련하고
애달팠던 우리들의 누이들
그들의 억울한 죽음과
그들이 당한 몹쓸 일들을 사실 그대로
아니 사실 그대로는 차마 다 찍을 수가 없었다는
귀향이라는 영화를 보며 하염없이 눈물을 훔치시던
옆자리의 나이 지긋한 노부부와, 앞자리의 여학생들

귀향이라는 영화를 보면서 우리들은

인간이란 어쩌면

아니 사람들이 정말로 미쳐버리면

저기 저 사나운 짐승, 개보다 못해질 수도 있다는 것을

이 두 눈으로 똑똑히 보고 듣고 확인할 수 있었다. 나는

2016. 3. 1

눈물

- 아우슈비츠

엉엉 울고 있었습니다

안타까워 훌쩍훌쩍 울고들 있었습니다

그때 그 악랄했던 강제노동과

춥고 배고픔의 서러움들

가족들과 강제로 헤어져야했던 그 절망의 땅

노동력이 떨어지면 가스실로 끌려가

억울한 죽임을 당해야 했던 수많은 사람들

그 고귀한 생명들이 쓰레기처럼 태워져

아무렇게나 버려져야 했던 아우슈비츠

그들의 최후를 귀 담아 들으면서

각국의 사람들이 소리 없이 흐느끼던 아우슈비츠

가스실과 총살형이 집행되었던 죽음의 벽

그 원혼들의 한恨과 한이 겹겹이 쓰려 있던

통곡의 벽, 절망의 벽을 응시하며

수많은 사람들이 꺼이꺼이 울고 있었으며

한국의 부산에서 왔다는 두 청년도

기도하며 헉헉 흐느끼고 있었던 것이고

TV를 보고 있던 나도 참 억장이 무너져 내리는 것
이었습니다

우리 그 수도 없이 끌려갔던 왜국

그 성노예 할머니들과 억울한 우리 동포들을 떠올
릴 때처럼…

동백섬 일주기

아내와 손잡고 동백섬, 그 바다가 길을 걸었습니다
걷다가 잠시 운동공원에 들려 팔운동을 하고 있었는데
아내가 다리운동 많이 하는 것이 좋다며
나이가 들수록 아랫도리가 튼튼해야 한다는 훈수를 두
는 것이었고
광안대교, 오륙도를 배경으로 셀카를 찍어
타국에 사는 막내딸에게 보냈더니
보기 참 좋다는 듯 "오 예" 이모티콘을 보내온 것이고
걸으며 또 뉴스에서나 가끔씩 보아왔던 누리마루
구수한 사람냄새 풍기던 노무현 대통령의 냄새를 맡다
보니
그리운 친구들, 먼저 간 친구들의 얼굴이 떠오르는 것
이고
왁자지껄, 소풍 나온 학생들을 보면서
나도 저렇게 싱싱할 때가 있었는지 가물거렸으며
인어공주를 배경으로 사진 몇 장을 찍고 앉아
저 지평선 멀리를 바라보았더니만
어렴풋이 대마도가 보이는 것이었습니다

일본의 그 어느 곳에서도 보이지 않는다는 섬을 또 바라보면서

투명인간이 되고 싶다는 꿈

그런 꿈을 꾼 적이 있었다는 사실이 다시 떠오르는 것이었고

투명인간이 되어 저기 저 왜국으로 쳐들어가

그 비겁한 일당들을 야금야금 혼내주고 싶다는 꿈

그런 꿈이 아직도 유효하다는 사실을 확인하고 났더니만

싱글벙글 콧노래가 절로 나오는 것이었으며

오늘따라 동백섬, 고맙기 짝이 없는 일이었습니다.

U F C

아내의 반대를 무릅쓰고 U F C
아주 과격한 격투기경기를 본다
코피가 터지고, 이마가 찢겨지는 피투성이
우리 선수들이 일본 아이들을 두드릴 때마다
나도 모르게 우레와 같은 박수를 치면서
그동안의 스트레스를 말끔히 씻어보는 것인데
나만 그런 것이 아닌 모양이었다
열광하는 필리핀, 저 태국사람들과 싱가포르
인도네시아와 말레시아사람들은 물론이고
링사이드의 러시아와 홍콩, 중국 사람들 모두가
기진맥진 쓰러져가는 일본 아이들을 보면서
환호와 박수를 보내며 하이파이브
아메리카와 중동사람들도 마찬가지고
지혜로운 독일과 유럽의 양심적인 사람들 모두가
깔깔대며 박수를 보내는데, 일본사람들만 오직
애석한 일이라며 이를 악무는 것이었다
참으로 애석하고, 애석한 것은
세상의 의로운 사람들 모두가 손가락질하는 일본

그 온당한 이유를 일본사람들만 모르고 있다는 사
실이다
　그래서 일본, 하룻강아지를 보고 있는 듯이
　늘 이렇게 가소롭고 안타까운 것이다

2016. 3. 1

낙서

태평양전쟁이 한창일 때
군함도, 그 지독한 탄광으로 끌려간 조선의 노무자들
하루에 너 댓 시간씩만 잠을 재우고는 주먹밥
탄가루 묻은 보리주먹밥 한 개씩 나눠줘 놓고는
진종일 채탄작업, 그 악랄한 강제노동에
스스로 망가지고 죽어가는 자신의 모습에 절망하며
온기도 없는 숙소로 돌아와서는
그 지친 몸을 이끌고서 방안 벽에다 꾹꾹 눌러 썼다는 한恨
"우리 엄마 보고 싶다"
"배고파 못살겠다, 서러워서 못살겠다"
"한숙아 사랑한데이"
"아들아 니가 할무이 잘 모셔야 된데이"
"이 나쁜 놈들, 천벌을 받을 끼다"
"친구들아 내 좀 살리도고"
"조선이여 일어나라"
"원통해서 못살겠다. 억울해서 못 죽겠다"
"여보! 미안하데이, 더는 못 버티겠다."

"고향에 가고 싶다,"

"사필귀정, 언젠가는 정의가 이길 끼다"라고 썼던

이런 글들을 낙서라 했던 유일한 민족이 왜국倭國이니

동주

동주라는 영화를 보면서 나는
아주 옛날부터 일본이라는 왜국은 정말
너무 너무, 너무 너무, 너무 너무 너무
나빴다는 걸 다시 한 번 확인할 수 있었던 것이다

남해연안, 수도 없던 노략질로
죄 없는 우리 양민들을 못살게 굴었던 분노의 역사
살인을 밥 먹 듯, 공포에 떨게 했던 짐승 같은 왜구倭寇
온갖 약탈과 살인
그 몸서리치던 악행들을 수없이 저질러왔던 왜국의 만
행
몽규와 동주, 우리들의 선지자들과
수많은 유학생들을 너무나도 잔인하게 죽였고
헤아릴 수 없는 우리 동포들을 연고도 없는 북만주
러시아의 동토凍土로 뿔뿔이 흩어지게 하여 고통의 세
월
엉터리의 공산주의를 익히고 심취하게 하였으며
왜국의 패전과 함께 남북이 갈라지고, 미국과 소련
우리들의 허락도 없이 남과 북에 진주를 하니 이것이

모두

　왜국이 지배했던 패전국의 전리품 같은 취급을 받았기
때문이니

　그러니 우리 조국의 분단 책임은 당연히 왜국에 있는
것

　동주라는 영화를 보고나서 나는

　우리끼리 동서남북, 서로 아웅다웅 다툴 것이 아니라

　국제 재판소에다 우리 조국의 분단, 그 책임이 왜국에
있음을 악착같이

　따져야 한다고, 남과 북의 똑똑하다는 친구들에게 제시
하는 바이니

그때 그 겨울의 추억

알몸인 채 별들이 바들바들
겨울 찬바람에 나부끼고 있었으며
머뭇거리는 저 생기 잃은 괘종시계처럼
긴 겨울밤의 허기를 더욱 부추기던
머리 위의 삼태별과 요란한 구급차 소리에
겨울 공화국의 모든 신호등이 빨간불에 멈춰져 있었고
통행금지, 방범대의 호각소리에 숨죽인 골목마다
토종개들이 일제히 울부짖었던 공포의 세월
요란한 기계음 소리를 앞세우고서
특수부대의 장갑차들이 도심의 심장부를 짓밟으며
우리들의 그 새하얀 사랑의 깃발을 갈기갈기 찢어버렸고
양의 탈을 쓴 이리떼들이 우글대며 활개를 치던
그런 암흑의 시대가 우리에게 있었지
군화발이 난무하던 육, 칠, 팔십 년대의 코리아
그 겨울 캄캄한 밤은 한없이 길었고
광란의 칼바람에 무참히도 짓밟혔던 이 땅의 풀들
아, 차마 하늘 우러러 쳐다볼 수 없었던
부끄러운 역사의 순간들이 정말로 우리에게 있었지
겨울 그 길고도 암담했던 우리 살던 시대
그러나 바보처럼 가만히 당하고만 있지 않았지…

심 봉사의 절망처럼

한치 앞도 내다볼 수 없어서가 아니었다
불쌍한 아내, 청이 엄마를 멀리 떠나보내고
젖동냥으로 외동딸을 키우면서
속울음 참 많이도 울었지만
하나뿐인 피붙이가 벙글벙글 커가는 모습
그 속재미가 없었던 것도 아니었다
그런 청이를 잃고 심 봉사, 한양으로 봉사잔치 가는 길에
후처로 들인 뺑덕어멈
그 몹쓸 인간이 젊은 황봉사와 야밤도주를 해버리니
한양 천리, 그 머나 먼 곳을 어찌 혼자 가야할지
그런 공포 때문만도 아니었다
더듬더듬 삼복더위, 그 시원한 개울물 소리에
심 봉사, 의관일체를 벗어놓고 목욕을 하고 보니
옷가지 모두가 사라져버린 것이었고, 그 고약한 것들
그들의 어리석음에 심 봉사의 절망이 있었던 것이고
지금까지도 이어지고 있다는 것이다
뺑덕어멈과 그 못난 것들, 그들을 오히려 안타까워했던
심 봉사, 그 피눈물의 심정처럼
저 지나친 탐욕의 마음들이 너무 정말 가소롭다는 것이다
그때 그 심 봉사의 절망처럼…

천심

- 2016. 11. 26

함박눈이 펑펑 쏟아지다가
진눈깨비 휘날리다 겨울비가 추적추적
어떤 이는 우의를 입고, 어떤 이는 우산을 쓰고
또 어떤 이는 아이를 안고, 그 어린 것을 안고서
광화문광장으로, 광장으로 밀려들면서
박근혜는 퇴진하라! 박근혜를 구속하라. 함성이
하늘을 찌르고 있었음이니. 수십만 명
아니 헤아릴 수 없을 정도로 많은 사람들이
청와대를 향해 평화적인 행진을 하였던 것이니
세상에서 가장 모범적인 시위
남도에서 올라온 누렁이 황소도 "하야 하소"
"하야 하소" 그 부라린 두 눈에 불똥이 튀었고
방방곡곡, 부산 대구 광주 인천에서, 물러가라
들불처럼 번져가고 있었음이니, 박근혜를 구속하라
촛불을 밝혀들고서 목청껏 외치는 소리 하늘을 찔렀고
우리 저 건너편 동네의 쪼그마한 애완견도
오늘따라 밤새워 울부짖으면서 어둠속의 음모를
모두 다 들었다며 새벽 같이 새들이 조잘거렸는가 하면

들쥐들이 수군수군, 모든 걸 다 보았다며

박근혜는 퇴진하라, 박근혜를 구속하라

드디어 하늘이 다시 맑아졌고. 영하의 날씨에도

새벽까지 군중의 함성이 이어졌지요, 박근혜는 물러가
라

이 땅의 주인들이 부르짖고 있었답니다, 박근혜는 퇴진
하라

천심天心이었어요, 거스를 수 없는…

바람소리

해운대의 바닷가, 이 고층 아파트로 이사를 온 후에야
알게 된 것이다. 바람도 말을 한다는 것을
윗집의 박 주사는 그런 바람소리를
여인의 울음소리 같다며 간밤에도 그 무서운 소리에
선잠을 잤다 하지만
나는 아무래도 바람이 무언가를 말하고 있는데
우리들이 알아듣지 못하는 것이며
무엇인가를 알려주려고 끝없이 두드리는 것이라 생각
했던 것이다
탄핵정국, 이 시끄러운 주말의 저녁(2017. 1. 21)
바람소리 윙윙, 광화문의 저 들끓는 촛불의 함성처럼
쿵덕쿵덕, 유리벽을 두드리는 바람소리
나는 그날 저녁의 바람소리에 밤새 귀를 기우리다
새벽녘에야 겨우 "이것으로 끝난 것이여
천심은 거스를 수가 없는 것이거든"
우렁찬 그 바람소리를 들을 수가 있었던 것이다.
가끔씩 내게 "다들 그렇게 사는 것"이라 달래주던 그 소
리

바람소리 같은 그 다정한 사랑의 소리
오늘은 또, 절망은 바보들이나 하는 것이라 소리치는
바람소리, 속삭이는 그 소리를 듣느니…

풀들의 계절

― 義士, 烈士들을 추모하며

용감한 풀들이었습니다
몰아치는 그 칼바람 속에서도
흔들렸지만 결코 꺾이지 않았고
밟히고 또 짓밟혔어도
다시 함께 일어나 우리 이 금수강산을 지켜온 것은
그들의 각진 총칼이 아니라
이 땅의 당당한 풀들
그들의 피와 땀과 그 용광로와 같은 사랑
메말라버린 너와 나의 눈물이었습니다.

바람 늘 차고 매서웠던 벌판이었습니다
부르터진 두 손을 서로 부여잡고서
힘차게 북채를 두드리며 얼씨구
밤새도록 짚불을 지피면서
새로운 날을 애타게 기다렸던 우리들의 혼과 혼
그 우렁찬 첫닭 울음소리처럼
새벽은 그렇게 우리들 곁에 오고 갔으나
걷히지 않은 먹구름 떼
결코 우리들의 새로운 아침은 쉬이 오지 않았습니다.

이름 모를 풀들이었습니다
삼월의 하늘을 감동시키면서
사월에는 기어이 꽃 한 송이를 피워내야겠다고
동이동이 피눈물을 쏟으면서
이 땅을 죽도록 사랑한 그대, 그 당당한 풀들이었으며
그 별이 되어 쓰러져간 이름과 이름 위에
아, 기어이 민주의 봄이 이렇게 오고
이제라도 아쉬운 꽃소식을 올려야겠다면서
　풀꽃들이 웅성이며 다시 활짝 피어나는 풀들의 계절입
니다

건망증

너무 정말 억울한 일이었다
아주 정말 분하고 원통한 일이었지만
조금씩, 조금씩 잊혀 져서 이렇게 살아남은 것이다
이유도 없이 할퀴고 빼앗기고
온갖 모욕과 행패를 당하면서
너무나도 많은 것들을 잃고 헤매었지만
세월이 흐르자 조금씩 아주 조금씩
그 분하고 원통했던 일들이
조금씩 잊혀지는 기적이 일어나는 것이었고
그래서 이렇게 살아남은 것이라 믿느니
잊을 수 있다는 것
그것이야말로 보약 중에 보약이요
하늘이 내려준 크나큰 은혜임을 깨닫게 된 것이고
늘 이렇게 감사하며 살아가게 된 것이지만
모든 것을 잊어버린다는 것은 심각한 질병인데도
병 인 줄도 모르고 살아가는 사람들이 많다는 것
그것이 너무나도 걱정스럽고 애처롭다는 것이다

봄꽃들의 고백

오랜 세월, 참고 견뎌온 마음 덕이라 믿지요
겨울 그 모진 칼바람 속에서도
말없이 꾹 참고, 참고 또 견디면서
서로 다독이고 위로하며
묵묵히 기다려온 한결같은 마음 덕이라 믿지요

참는 자에게 복이 온다는 말을 믿고
아픔을 참고, 슬픔을 참고
기쁠 때 너무 날뛰지 않은 겸손과
고통 속에서도 결코 절망하지 않는
그런 인내와, 용기와 사랑을 믿고
당당하고 끈질기게 버텨온 그 눈물겨운 날들

일편단심, 그 우직했던 마음 덕이라 믿지요
빵보다 더 소중하다는 말씀에 귀를 기우리며
아무런 의심도 없이
서로 믿고 의지하며 더불어 살아온
기나긴 세월, 그 한결같은 마음 덕이라 믿지요.

소망

내가 들어, 고성高聲이 멈춰지고
성난 얼굴에서
다시 활짝, 웃음꽃들이 피어나고
서로 위로하고 다독이며
더불어 옹기종기 정답게 살아가며
서로 밀어주고 당겨주며 손에 손 맞잡고서
꽃노래 함께 부르며
덩실덩실 어울려 춤추는 풀들
그 풀 속의 다정한 풀 하나가 되어
이 땅의 풀들과 더불어 살다가
어느 날 훌쩍
부르심에 네! 하고 후다닥 달려가는 삶
그런 행복한 풀 하나가 되는 것이
오직 하나 남은
간절하고 간절한 소망이니…

소망 2

　―호란胡亂과 왜란倭亂의 역사를 보고

참으로 소망하고

간절히 소망하고 소망하느니

우리 사랑하는 형제여, 자매들이여

그대 정말 바보처럼 달콤한 죄를 짓고 살다 그만

그때 그 호란과 왜란의 침략자들

그 무자비한 졸개들과 잔인한 것들

몹쓸 인간들이 우글거리는

그런 곳으로 휙 하고 떨어져서는 아니 되느니

그래서 간절히, 간절히 소망하며 기도하느니

벗이여 사랑하는 우리 착한 형제, 자매들이여

그대 정말 사람답게 옳은 것은 옳다 하고

아니오, 라 단호히 말할 수 있는 의로운 인생

스스로의 잘못을 인정할 줄 아는 별빛 같은 지혜로움과

나 보다 우리를 먼저 생각할 줄 아는

그런 용기 있는 형제가 되시기를 간절히 기도하노니

그래야만 우리들의 소망 다 이루어지는 그런 날이 오고

그때 드디어 온전한 사랑과, 평화를 만나게 되느니

행복이란 그런 각고刻苦의 노력 끝에 얻어지는 것이요

우리 인생의 성공이란 것도 그렇게 이루어지는 것이니…